한국 초사 문헌 집성 中

본고는 중국 국가사회과학기금 중대과제 "東亞楚辭文獻의 發掘과 整理 및 研究"(번호: 13&ZD112), 중국 국가사회과학기금 청년과제 "韓國楚辭學研究"(번호: 16CZW016) 등의 지원을 받은 연구 성과이다.

한국초사문헌총서 3

# 한국 초사 문헌 집성 中

가첩·허경진·주건충

보고사
BOGOSA

# 머리말

　『초사(楚辭)』는 전국시기부터 동한시기까지 오랜 역사시기 동안 유안(劉安)과 유향(劉向) 등 여러 사람들의 손을 거쳐 점차 편집되었으며 굴원의 시가 작품과 송옥 등 문인들이 소부(騷賦)를 모방하여 창작한 작품들을 수록하였다. 한·당부터 명·청까지 수백 종의『초사』주석본이 간행되었으며 각 주석본은 또한 시대의 변천에 따라 누차 번각되거나 중각되었다. 현재 중국의 초사학계에서 편찬한 초사서목의 해제에 서양과 일본에서 간행된 초사 문헌에 대해서는 매우 상세하게 기록되어 있지만 한국의 초사 문헌에 대해서는 소개된 것이 매우 적다. 그러나 사실 초사 작품은 일찍『사기(史記)』,『문선(文選)』의 전파를 통해 이미 삼국시기에 한국에 전파되었고 그 후 조선시기의 번성한 인쇄업과 과거시험의 필요에 의해 왕일(王逸)의『초사장구(楚辭章句)』, 홍흥조(洪興祖)의『초사보주(楚辭補注)』, 주희(朱熹)의『초사집주(楚辭集注)』·『초사후어(楚辭後語)』·『초사변증(楚辭辯證)』, 임운명(林雲銘)의『초사등(楚辭燈)』, 굴복(屈復)의『초사신주(楚辭新注)』등 많은 중국의 초사 간행본이 조선에 지속적으로 유입되었으며, 동시에 조선에서도 초사 복각본이나 중간본들을 대량으로 간행하였다. 한국의 초사 문헌은 상당히 많은 수량이 존재하며 문헌 가치와 학술 가치도 상당히 높다. 하지만 현재 초사 학계에서는 일본과 서양의 초사 문헌에 대한 연구는 어느 정도 이루어졌으나 한국의 초사 문헌에 대해서는 연구가 아직도 매우 미비한 상태이다. 중국이나 한국의 학자들은 아직 한국의 초사 문헌에 대한 관심이 적고 자료에 대한 조사와 발굴도 거의 없는 상태이다.

그러므로 한국의 초사 문헌에 대한 전면적이고 체계적인 연구가 매우 필요한 시점이다. 이런 필요에 의해 필자는 오랜 연구를 통해 2017년에 박사논문을 완성하였으며 이에 기초하여 저서『한국 초사 문헌 연구』를 출판하였다. 이제 한국 초사 문헌의 전파와 간행 상황을 더욱 직관적이고 구체적으로 보여주기 위해서『한국 초사 문헌 집성』이라는 영인본을 출판하기로 하였다. 이 영인본 자료의 수집과 출판은 필자와 연세대학교 국문과 허경진 교수, 중국 남통대학교 초사연구센터의 주임 주건충 교수와 공동으로 수행하였다. 이 영인본은 초사 연구 학계와 연구자들에게 기초 자료를 제공하고 더욱 발전된 연구성과를 위한 기초작업의 일환이 되기를 희망한다.

한국에 현존하는 초사 문헌과 여러 문헌 속에 기록되어 있지만 현재는 유실된 간인본과 필사본, 그리고 초사의 영향을 크게 받은 기타 문헌자료 등에 대한 전반적인 통계와 연구를 통해 필자가 수집한 한국의 초사 문헌은 총 148종이다. 그중에 초사의 중국 간인본은 28종, 일본 간인본은 7종, 한국 간인본은 12종, 한국 필사본은 101종이 있다. 본서는 이상 수집한 자료 중에서 문헌적 가치가 높은 자료들을 선별하여 영인을 진행하였다. 여기서 본서의 영인 자료에 대해 약간의 설명을 하겠다. 한국 간인본 중에서『초사후어』(연세대학교 소장, 청구기호: 고서(귀) 282-0, 권1-권6)와『초사집주』(국립중앙도서관 소장, 청구기호: 일산貴3745-42, 권1. 고려대학교 소장, 청구기호: 화산貴180-2, 권2.

규장각 소장, 청구기호: 南雲古69, 권3)는 잔권인데 조선 초기 목판본으로서 귀중한 자료이므로 전부 영인하였다. 일본 내각문고(청구기호: 別43-6)에 소장된 『초사집주』·『초사변증』·『초사후어』 1429년 이후 목판본(경자자 복각본)은 한 세트이므로 역시 전부 영인하였다. 즉 본서 목차에서의 처음 3종이다. 이 외의 초사 문헌 자료는 본문 내용은 모두 주희의 『초사집주』·『초사변증』·『초사후어』와 동일하지만 판식이나 서발문 등 판본과 서지상의 차이가 있으므로 전부 영인하지 않고 목차, 권수면, 권말, 서발문 등 필요한 부분만 영인하여 판본을 구분하여 볼 수 있도록 하였다. 『선부초평주해산보(選賦抄評注解刪補)』 관판본과 방각본은 초사와 관련된 부분만 선취하여 영인하였다. 비록 부분적으로 영인하였으나 매종 자료에 대해 모두 해제를 붙였다. 그리고 간행 연도의 순서에 따라 차례로 배열하였다.

이 외에 또한 한국 문집 속에 실린 초사 관련 서발문을 모두 정리하여 표점본을 만들어 함께 실었다. 이 서발문들은 한국의 초사 연구에 있어 역시 매우 귀중한 참고 자료이다.

초사 문헌 자료를 수집하고 연구하고 또한 영인 허락을 받아 이 책을 완성하기까지는 많은 분들의 도움이 있었기에 가능했다. 국립중앙도서관, 규장각, 장서각, 고려대학교, 연세대학교, 일본 내각문고(內閣文庫), 일본 존경각(尊經閣), 일본 궁내청(宮內廳) 서릉부(書陵部)의 자료 보본관리팀의 선생님들, 연세대학교 이윤석(李胤錫) 교수님과 임미정(林美貞) 선생님, 성균관대학교 김영진(金榮鎭) 교수님, 중국 남통대학교 서의(徐毅) 교수님과 천금매(千金梅) 교수님, 최영화(崔英花) 선생님, 중국 산동이공대학교 최묘시(崔妙時) 선생님, 중국 국가도서관 유명(劉明) 연구원, 대만 보인대학교 진수새(陳守璽) 교수님, 북경 울렁(伍倫)

국제경매회사 정덕조(丁德朝) 선생님들께서는 초사 문헌의 조사와 수집을 진행할 때에 저에게 큰 도움을 주셨다. 그리고 무사시노 미술대학교 고천청(顧倩菁) 선생님, 남통대학교 유우정(劉宇婷) 선생님노 일본 자료의 수집과 번역에 많은 도움을 주셨다. 이 자리를 빌려 그동안 저를 이끌어주시고 도움을 주신 모든 분들께 깊이 감사드린다.

마지막으로 수익성도 없는 이 책을 〈총서〉로 출판해주신 보고사 김흥국 사장님, 박현정 편집장님, 김하놀 책임편집자님께도 감사드린다.


2018년 3월

엮은이를 대표하여

가첩

# 序

　　『楚辭』中的作品是戰國至東漢時期，由劉安，劉向等人逐漸增補彙編而成，其中包含屈原作品，以及宋玉以下文人模仿騷體而創作的擬騷作品．自漢唐到明清，有數百種『楚辭』注本被刊行，而每種注本經時代變遷又被多次翻刻，重刻．目前，中國楚辭學界編寫的楚辭書目解題中對日本，歐美楚辭文獻已有詳細的記錄，但關於韓國楚辭文獻的介紹甚少．

　　事實上，楚辭作品最早在韓國的三國時期，依託『史記』，『文選』等文獻傳入韓半島．此後，受朝鮮時期繁盛的印刷業以及科舉考試的影響，在王逸『楚辭章句』，洪興祖『楚辭補注』，朱熹『楚辭集注』·『楚辭後語』·『楚辭辯證』，林雲銘『楚辭燈』，屈復『楚辭新注』等中國楚辭文獻不斷流入東國的同時，大量的朝鮮刊楚辭覆刻本、重刻本被刊印．因此，韓國現存有數量可觀的楚辭文獻，並具有很高的文獻價值和學術研究價值．正因楚辭學界對日本，歐美楚辭文獻已有一定的研究，對韓國楚辭文獻幾乎沒有得到中韓兩國學者的重視．所以，韓國楚辭文獻亟待全面系統的研究．

　　鑒於此種研究現狀，2017年筆者撰寫完成的博士論文對其進行專門研究，并基於博士論文出版『韓國楚辭文獻研究』一書．同時，爲直觀展現韓國楚辭文獻的傳播與刊行情況，欲出版『韓國楚辭文獻集成』影印本．此影印資料的收集，整理，出版經筆者，延世大學國語國文學科許敬震教授，中國南通大學楚辭研究中心周建忠教授共同完成，其影印內容將爲楚學界同仁提供基礎的文獻資料．

　　筆者對韓國現存的楚辭文獻，已散佚但在文獻中被記錄的韓國楚辭文獻, 以及受楚辭影響較大的韓國文獻等資料進行全面統計與深入研究. 筆者發現, 韓國的楚辭文獻共148種中, 其中有中國刊印本28種, 日本刊印本7種, 韓國刊印本12種, 韓國筆寫本101種. 在以上調査的148種韓國楚辭文獻中, 我們選取有價値的文獻進行影印.

以下對本書中影印文獻的體例做簡要說明. 在韓國刊印本前三種中, 第一種『楚辭後語』(延世大學藏本, 請求番號: 고서(귀) 282-0, 卷1-卷6)與第二種『楚辭集註』(國立中央圖書館藏本, 請求番號: 일산貴3745-42, 卷1. 高麗大學藏本, 請求番號: 화산貴180-2, 卷2. 奎章閣藏本, 請求番號: 南雲古69, 卷3) 雖是殘卷, 但爲朝鮮初期珍貴的木板本, 故本書對其進行全部影印. 第三種日本內閣文庫藏『楚辭集註』·『楚辭辯證』·『楚辭後語』(請求番號: 別43-6) 爲1429年以後刊行的木板本(庚子字覆刻本), 因是善本故全部影印. 之後, 若影印的楚辭文獻與朱熹『楚辭集注』·『楚辭辯證』·『楚辭後語』內容一致, 只在版式, 序跋文等有所不同, 則不全部影印. 但爲反映不同文獻間的區別, 我們僅影印與書誌學有關的目錄, 卷首頁, 卷末, 序跋文等. 就『選賦抄評注解刪補』官版本與坊刻本僅影印與楚辭有關的部分. 同時, 在目錄中每種文獻按照刊行時間的順序進行排列, 並對每種文獻都加以解題. 此外, 本書亦收錄韓國文集中記載有關於楚辭文獻的序跋文, 並對其進行整理. 此類序跋文是韓國楚辭文獻研究中非常重要的參考資料.

總之, 楚辭文獻資料收集, 整理, 研究, 以及獲得影印出版許可, 是經多方學者相助才得以完成. 首先, 要感謝國立中央圖書館, 奎章閣, 藏書閣, 高麗大學, 延世大學, 日本內閣文庫, 日本尊經閣, 日本宮內廳書陵部的古籍保護管理老師們同意影印楚辭文獻的請求. 其次, 在韓國文獻調査與收集中, 延世大學李胤錫敎授, 林美貞老師, 成均館大學金榮鎭敎授, 中國南通大學徐毅敎授, 千金梅敎授, 崔英花老師, 中國山東理工大學崔妙時老師, 中國國家圖書館劉明研究員, 台灣輔仁大學陳守壂敎授, 以及北京伍倫國際拍賣有限公司丁德朝先生給予我們很多幫助. 日本武藏野美術大學顧倩菁先生, 中國南通大學劉宇婷老師在日本文獻調查與日語翻譯方面亦鼎力相助. 因此, 借此機會衷心感謝以上一直以來關心本書出版的學者.

最後, 還要感謝寶庫社社長金興國先生, 編審朴賢貞先生, 責任編輯金하늘先生, 其爲本書免費出版, 不勝感激.

2018年 3月

編者代表

賈捷

# 차례

## 한국 초사 문헌 집성 上

### 제1장 초사의 한국 간인본

## 한국 초사 문헌 집성 中

## 한국 초사 문헌 집성 下

### 제2장 초사의 한국 필사본

1. 『초사』 필사본
2. 『경전해』 필사본

### 제3장 기타 한국 초사 문헌자료

1. 『선부초평주해산보』 관판본(권1「이소경」)
2. 『선부초평주해산보』 방각본(권1「구가」「구장」「천문」)
3. 한국 문집 속 초사 서발

# 目錄

## 韓國楚辭文獻集成 上

### 第1章 楚辭的韓國刊印本

## 韓國楚辭文獻集成 中

## 韓國楚辭文獻集成 下

### 第2章 楚辭的韓國筆寫本

1. 『楚辭』筆寫本

2. 『經傳解』筆寫本

### 第3章 其他韓國楚辭文獻資料

1. 『選賦抄評注解刪補』官版本 (卷1「離騷經」)

2. 『選賦抄評注解刪補』坊刻本 (卷1「九歌」「九章」「天問」)

3. 韓國文集中的楚辭序跋

# 해제

## 제1장 초사의 한국 간인본

### 3. 『초사집주』·『초사변증』·『초사후어』, 1429년 이후 목판본

이 초사 문헌은 일본의 내각문고(內閣文庫, 청구기호:別43-6)에 소장되어 있고 목판본(경자자 복각본)으로서 사주 단변·쌍변 혼용, 유계, 11행 21자, 소자쌍행(매행 21자), 세흑구(細黑口), 상하내향흑어미(上下內向黑魚尾), 반엽광곽 14.9 × 22.1cm, 책 크기 19.8 × 31.2cm이다. 목록의 첫머리에는 '淺草文庫', '日本政府圖書', '林氏藏書', '直齋', '辛璉器之', '鷲山世家', '道春', '紅雲渭樹' 등 장서인들이 찍혀 있다. '直齋', '辛璉器之', '鷲山世家'의 장서인으로부터 이 목판본은 조선 중기의 문인 신련(辛璉)이 소장했던 적이 있음을 알 수 있다. 신련은 중종 12년(1517)에 태어나서 선조 6년(1573)에 죽었다. 자는 기지(器之), 호는 직재(直齋)이고 본관은 영산(靈山)이며 취산군(鷲山君) 신극예(辛克禮)의 5세손이다. 그는 중종 35년(1540)에 진사 3등으로 합격한 후에 명종 3년(1549)에 문과에 급제하였으며 통훈대부(通訓大夫), 사헌부집의(司憲府執義), 춘추관편수관(春秋館編修官) 등 관직을 역임하였다. 그 외에 '道春', '林氏藏書'의 장서인으로부터 이 목판본은 일본의 에

도시대 초기 유학자 임라산(林羅山)이 소장했던 적이 있음을 알 수 있다. 임라산은 1583년에 태어나서 1657년에 죽었으며 자는 자신(子信)이고 출가했을 때 호는 도춘(道春)이다. 그러므로 이 고서는 원래 조선의 판본이 일본으로 전해졌고 현재도 조선 판본 그대로임을 알 수 있다.

이 목판본은 3책으로 나뉘어 있으며 제1책은 『초사집주』 8권이고 제2책은 『초사변증』 상하, 제3책은 『초사후어』 6권이다. 이 목판본의 첫 장에는 하교신(何喬新)의 「초사서(楚辭序)」가 필사되어 있다. 그 다음에 목록과 본문이 있다. 제3책 「초사후어목록(楚辭後語目錄)」이 있는 장에 "建安 虞信亨宅 重刊 至治辛酉 臘月 印行"이라는 간기가 있다. 이것은 중국의 간기이다. '건안(建安)'은 중국의 지명이고 '우신형(虞信亨)'은 인명, '지치(至治)'는 중국 원(元)나라 연호로서 신유(辛酉)년은 곧 지치 원년인 1321년이다. 이 간기 뒤에는 추응룡(鄒應龍), 주재(朱在), 주감(朱監)의 발문이 부록되어 있는데 이들도 역시 모두 중국 사람들이다. 추응룡은 송나라 소무(邵武) 태녕(泰寧) 사람이고, 자는 경초(景初)고, 호는 남용(南容)이다. 주재는 주자의 막내아들이다. 자는 숙경(叔敬)이고, 호는 립기(立紀)이다. 주감은 주희의 손자이다. 주감의 발문 끝에는 "端平乙末秋七月朔孫監百拜敬識"라고 하여 발문을 쓴 시기를 밝혔다. 즉 단평(端平) 을말(乙末, 1235)의 가을 칠월 초하루에 주희의 손자 주감이 백번 절을 한 후에 쓴 것이다. 그리고 권말에는 조선 문관 변계량(卞季良)의 발문과 "宣德四年已酉正月 日印"라는 간기가 있다.[1] 변계량의 발문은 다음과 같다.

---

1 『資治通鑑』庚子字本과 東洋文庫 소장 『文選』庚子字本은 刊記가 보이지 않는다. 화

주자의 설비로 가히 많은 서적을 인쇄하여, 영원히 세상에 전하게 하니, 이는 진실로 무궁한 이익이 된다. 그러나 처음 주조한 글자의 모양이 아름답고 좋은 점을 다하지 못함이 있어서 서적을 인쇄하는 자가 그 공역을 용이하게 이루지 못함을 병통으로 여기더니, 영락(永樂) 경자년 겨울 11월에 우리 전하가 염려하옵신 충정에서 비롯되어 공조 참판 신 이천(李蕆)에게 명하시어 새로 주조하니, 글자 모양이 극히 정치하였다. 지중사(知中事)[2] 신 김익정(金益精)과 좌대언(左代言) 신 정초(鄭招) 등에게 명하시어 그 일을 감독 관장하게 하여, 7개월을 지나 공역을 마치니, 인쇄하는 자가 매우 편리하고, 하루에도 종이 20여 매나 되는 많은 숫자를 인쇄하였다. 공경히 생각하옵건대 우리 공정대왕[3]께옵서는 앞에서 창작하옵시고, 지금의 우리 주상전하께옵서는 뒤에서 이어 쫓으셨으나, 조리의 치밀함은 다시 더함이 있었다. 이로 말미암아 인쇄하지 않는 책이 없고, 배우지 않은 사람이 없어, 문교의 진흥이 마땅히 날로 전진하고, 세도의 융숭함이 마땅히 더욱 성대할 것이니, 저 한(漢)·당(唐)의 인주가 재정의 관리와 군비의 확충에만 혈안이 되어, 이것을 국가의 선무로 삼은 것을 본다면 하늘과 땅의 차이일 뿐 아닐 것이니, 실로 우리 조선 만대에 그지없는 복이다. 선덕(宣德) 3년 윤사월일(閏四月日)[4] 숭정대부 판우군도총제부사 집현전대제학 지경연춘추관사 겸 성균관대사성 세자이사 신 변계량이 머리 조아려 절하고 삼가 쓰다.[5]

---

봉문고 소장 1429년에 간행된『文公朱先生感興詩』庚子字本의 刊記에는 "宣德四年己酉九月 日印"이라고 되어 있다.

2 여기서 "知中事"의 "中"은 오자이다. 동양문고 소장『文選』경자자본에는 "中"이 "申"으로 쓰여 있다. 또『資治通鑑』경자자본에도 "申"으로 쓰여 있고 화봉문고 소장 1429년 간행의『文公朱先生感興詩』경자자본에도 "申"으로 쓰여 있다. 또한 조선시대에 "知申事"라는 관직이 있다.

3 『資治通鑑』경자자본에는 "恭定"이 "光孝"로 되어 있다.

4 이 낙관은『文選』경자자본,『文公朱先生感興詩』경자자본과 동일하다. 그러나『資治通鑑』경자자본에는 "永樂二十年(1422) 冬十月甲午 正憲大夫 議政府參贊 集賢殿大提學 知經筵同知 春秋館事 兼成均大司成 臣 卞季良 拜手 稽首 敬跋"이라고 되어 있다.

鑄字之設, 可印群書, 以傳永世, 誠爲無窮之利矣. 然其始鑄字樣, 有
未盡善者, 印書者病其功不易就. 永樂庚子冬十有一月, 我殿下發於宸
衷, 命工曹參判臣李蕆新鑄字樣, 極爲精緻. 命知中事臣金益精, 左代言
臣鄭招等監掌其事, 七閱月而功訖, 印者便之, 而一日所印多至二十餘紙
矣. 恭惟我恭定大王作之於前, 今我主上殿下述之於後, 而條理之密又有
加焉者. 由是而無書不印, 無人不學. 文敎之興當日進, 而世道之隆當益
盛矣. 視彼漢唐人主, 規規於財利兵革, 以爲國家之先務者, 不啻霄壤矣.
實我朝鮮萬世無疆之福也. 宣德三年閏四月日崇政大夫判右軍都摠制府
事集賢殿大提學知經筵春秋館事兼成均大司成世子貳師臣卞季良拜手稽
首敬跋.

위 변계량의 발문에서 "경자년 겨울 11월에 우리 전하가 염려하옵신
충정에서 비롯되어 공조 참판 신 이천(李蕆)에게 명하시어 새로 주조
하니"라고 한 말은 조선 최초의 동활자인 계미자(癸未字)의 단점을 보
완하여 1420년 경자년에 세종이 명하여 다시 개주(改鑄)하게 한 사실
을 말한다. 발문에서는 조선의 두 번째 동활자인 경자자의 주조에 과
정을 소개하였고 그 공덕을 찬송하였다. 변계량이 위 발문을 쓴 시기
는 선덕 3년 즉 1428년이고, 이 책의 간기에는 "宣德四年己酉正月 日
印" 즉 1429년 1월에 인쇄하여 간행했다라고 하였다. 이런 점들을 종
합하여 본다면 이 초사 간행본은 원래는 1429년에 경자자 금속활자로
인쇄한 경자자활자본임을 알 수 있다. 실제로『조선왕조실록』세종
10년(1428) 11월 12일 기록에 의하면 "○庚申/경연에 나아갔다. 左代言
金趍에게 명하여 이르기를『文章正宗』과『楚辭』등의 서적은 공부하

---

5  한국고전번역원의 번역문 참조.

는 사람들은 불가불 알아야 하니 鑄字所로 하여금 이를 印行하게 하라.(○庚申/禦經筵. 命左代言金赭曰:『文章正宗』,『楚辭』等書, 學者不可不知, 其令鑄字所印之.)"라고 하였다. 또한 세종 11년(1429) 3월 18일 기록에 의하면 "○ 집현전 관원과 동반 군기부정 이상 사람들에게 『楚辭』를 나누어주었다.(頒賜『楚辭』於集賢殿官及東班軍器副正以上.)"라고 하였다. 이상 내용으로 볼 때 조선 세종 때에 1428년, 1429년쯤에 확실히 경자자로 『초사』를 간행한 적이 있음을 알 수 있다.

1429년에 조선에서 간행한 『초사집주』·『초사변증』·『초사후어』 경자자본은 총 210엽(葉)이다. 간기에 의하면 이 경자자 활자본은 1429년 정월에 인쇄가 완료되어 간행되었을 것이다. 그러므로 1429년 3월 18일에 세종이 집현전에서 관직이 동반군기부정(東班軍器副正) 이상 되는 신하들에게 초사를 하사할 수 있었다. 또한 중국 원나라 지치원년의 간기가 그대로 있는 것으로 보아 아마도 우신형댁 간본을 저본으로 삼았을 것으로 추정된다. 그러므로 중국의 원나라 지치 원년(1321)에 간행한 우신형댁본이 이미 1428년 이전에 이미 조선에 유입되었음을 알 수 있다. 그러나 현재 일본 소장본은 서지사항이나 글자, 판식을 보았을 때에 활자본이 아니라 목판본이다. 그러므로 이것은 경자자 활자본의 목판 복각본인 것이다. 그리고 소장자였던 신련의 생몰년을 고려해 볼 때에 이 목판본은 1429년 경자자본의 복각본이며 늦어도 1573년 이전에 간행되었음을 알 수 있다.

건안 우신형댁 간본의 판본은 현재 중국의 산동성도서관(청구기호: 01009)[6]에 소장되어 있는데 『초사집주』 8권, 『초사변증』 상하, 『초사

---

6  이 목판본은 비록 현재 중국 산동성도서관에 소장되어 있지만 도서관에서 고서 복원

후어』 6권이 있으며 4책으로 되어 있다. 서지사항은 "광곽의 높이는 20.0cm, 넓이는 12.5cm, 반엽(半葉) 11행 20자, 소자쌍행 24자, 세흑구(細黑口), 좌우쌍변(左右雙邊)이며 '建安虞信亨宅 重刊 至治 辛酉 臘月 印行'의 패기(牌記)가 있고 '徵明' 등 도장이 있다."[7]고 하였다. 이로부터 조선의 1429년 경자자본과 그 복각본은 현재 중국 산동성 소장의 건안 우신형댁 각본과 매행의 글자 수, 판각의 글자체, 책 수, 판식 등 면에서 모두 서로 다르다는 사실을 확인할 수 있다. 그러므로 1429년의 경자자본과 그 복각본은 건안 우신형댁 각본의 복각본이 아니라 이것을 저본으로 한 중간본임을 알 수 있다.

사실상 한국에도 경자자본으로 기록되어 있는『초사집주(楚辭集注)』 8권이 있는데 다섯 곳의 소장처가 있다. 하나는 장서각에 소장되어 있는『초사집주』(청구기호: D1-4) 잔권(殘卷)인데 경자자본이다. 이 고서는 반엽광곽 8행 17자, 소자쌍행(매행 17자)이며 간기는 없다. 또 하나는 화봉문고에 소장된 경자자본인데 중·소자(中·小字) 경자자로 간행하였으며 세흑구(細黑口)이고 상하내향흑어미(上下內向黑魚尾)이며 크기가 19.2×31.0cm이라고 한다.[8] 또 하나는 한국의 개인장서가 조병순(趙炳舜) 선생이 창립한 성암고서박물관(誠庵古書博物館)에 소장된『초사집주』(청구기호: 성암4-3)이다. 이 고서는 한국고전목록종합시스템의 서지사항 기록에 의하면 경자자이며 선장(線裝) 8권 3책

---

작업을 하고 있기에 독자들에게 열람을 제공하지 않는다. 다만『第一批國家珍貴古籍名錄圖錄』과『楚辭書錄解題』등 책에 기록된 내용에 근거해 목판본 양상을 볼 수 있었다. 그러나『楚辭書錄解題』에서는 원나라 지치원년을 1335년이라고 잘못 썼다.

7  中國國家圖書館, 中國國家古籍保護中心編,『第一批國家珍貴古籍名錄圖錄』第四冊, 國家圖書館出版社, 2008, 225쪽.

8  여승구,『한국 고활자의 세계』, 화봉문고, 2013, 33쪽.

이고 사주쌍변에 반엽광곽 22.9 × 14.9cm, 유계, 11행 21자, 세종 11
년(1429) 간행이라고 되어 있다. 그러나 조병순 선생이 2013년에 작고
한 후에 그의 성암고서박물관이 매각되었기에 현재로서는 이 고서의
실물을 찾아볼 수 없다. 또 하나는 고려대학교 도서관에 소장된 『초
사집주』 잔권(청구기호: 만송貴180E-3)이다. 도서관의 서지사항 기록에
의하면 이 고서는 영본(零本) 1책이고 사주쌍변, 반엽광곽 22.6 ×
15.0cm, 11행 21자, 소자쌍행, 상하흑구(上下黑口), 세종 11년(1429) 활
자본이라고 하였다. 마지막 하나는 한국인 조성덕(趙誠德)이 소장한
경자자본이다.

이상 다섯 곳의 서지 기록에는 모두 오류가 존재한다. 그중 장서각
에 소장된 고서의 판식(版式)을 본다면 1429년 경자자본이 아니고 간
행된 시기를 확정할 수 없다. 고려대학교 소장본은 실물 확인 결과 목
판본으로서 경자자의 복각본이다. 화봉문고에 소장된 고서의 간행연
대, 간행지, 간행자 등은 사실 고증할 길이 없다. 조병순과 조성덕이
소장한 고서는 비록 1429년에 간행되었다고 하지만 실물을 확인할 수
없기에 간행연대와 간행지, 간행자 등 정보를 확인할 길이 없다. 그
외에 천혜봉의 『한국금속활자인쇄사(韓國金屬活字印刷史)』에는 『초사
후어(楚辭後語)』의 경자자본이 있다고 기록되어 있으나[9] 도록이 없어
역시 확인할 수 없다.

조사에 의하면 단종 2년(1454) 간인본 『초사집주』·『초사후어』·『초
사변증』은 경자자의 복각본이다. 이 밀양부 복각본에 수록된 이교연
(李皎然)의 발문에 이숭지(李崇之)가 이 간인본을 간행한 경위를 기록

9   千惠鳳, 『韓國金屬活字印刷史』, 법무사, 2013, 449쪽.

하였는데 "오늘 한 책을 얻었는데 주석이 상세하고 명백하다. 다행히
도 임금의 덕이 높고 문치의 날을 만났으니 복각하여 널리 전하기에
합당하다.(今所得一本, 注釋詳明. 幸逢聖明文治之日, 宜鋟梓以廣其傳.)"
고 하였다. 이로부터 이 목판본은 간행될 시기에 이숭지가 갖고 있던
1429년 경자자의 초인본 혹은 후인본을 저본으로 하여 다시 복각하였
음을 알 수 있다.

　이상의 내용을 종합하여 볼 때 일본 내각문고에 소장되어 있는 이
경자자 복각본의 초사 목판본은 조선에서 간행되었던 것이 일본으로
전해져 간 것이고, 조선에서는 1429년에 경자자로 초사의 동활자본을
인쇄한 적이 있는데 현재 그 활자본은 유실되고 그 활자본의 목판 복
각본이 유전되고 있다. 그러나 이 복각본의 서지와 발문 등을 통해 당
시 경자자 초사 문헌의 간행상황을 확인할 수 있게 되었다. 한국 국내
에는 경자자 초사 문헌은 잔본으로 또는 확인할 수 없는 자료로 남아
있는데 비해 일본 내각문고에는 중국 우신형댁 간본을 저본으로 중각
한 경자자본의 복각본이 비교적 완전하게 보존하고 있다는 점에서 매
우 귀중한 가치가 있다.

### 4. 『초사집주』·『초사변증』·『초사후어』, 1434년 이후 금속활자본

　갑인자(甲寅字) 금속활자본 『초사집주(楚辭集注)』·『초사변증(楚辭辯
證)』·『초사후어(楚辭後語)』는 현재 고려대학교 도서관과 성균관대학
교 존경각, 일본의 존경각 등 세 곳에 소장되어 있다. 고려대에는 두
종의 잔본만 소장되어 있는데 각각 『초사집주』(권7~8, 청구기호: 만송
貴180A-4), 『초사후어』(권3~6, 청구기호: 만송貴180B-2, 만송貴180B-3)

이다. 고려대 도서관의 서지기록에 의하면『초사집주』(권7~8)는 갑인
자, 사주쌍변이라고 하였고,『초사후어』(권3~6)는 갑인자, 사주단변
이라고 하였다. 성균관대학교 존경각에도 잔본으로서『초사집주』(권
4~8, 청구기호: 貴D1-2C)가 소장되어 있으며 서지사항 기록에 초주갑
인자(初鑄甲寅字)에 보자(補字) 혼입, 사주단변이라고 기재되어 있다.
그러나 일본 존경각의 소장본은 상대적으로 완전하고 특이한 점이 있
어 이 자료의 서지사항에 관련된 필요한 부분만을 영인하였다.『초사
집주』·『초사변증』·『초사후어』의 본문 내용은 모두 주희의 저술과
동일하다.

사실 고려대, 성균관대와 일본 존경각 등 세 곳의 소장본은 모두 동
일 판본으로서 갑인자 금속활자본이며 상하단변, 좌우 단변·쌍변 혼
용, 유계, 9행 16자, 소자쌍행(매행 16자), 상하대흑구(上下大黑口), 내
향삼엽화문어미(內向三葉花紋魚尾), 반엽광곽과 책 크기가 기본적으로
일치하다. 한국과 일본 세 곳 소장처의 장서를 비교하고 종합하여 연
구한 결과 이 초사문헌의 본래 편차는 응당 먼저『초사집주』8권이
있는데, 목록, 본문의 순서로 있고, 다음에『초사변증』상하권이 있
고, 그 다음에『초사후어』6권이 있는데 목록, 본문이 있고, 그 뒤에
추응룡(鄒應龍), 주재(朱在), 주감(朱監)의 발문이 차례로 있다.

일본존경각 소장본『초사집주』는 8권 3책, 반엽광곽 16.5×24.1cm,
책 크기 19.1×30.9cm이다. 첫머리에 하교신(何喬新)의「초사서(楚辭
序)」를 필사해놓았는데 필사자가 누구인지 알 수 없다. 그 다음에「초
사집주목록(楚辭集註目錄)」이 활자본 글자체로 되어 있고, 그 다음에
또「풍개지선생독초사어(馮開之先生讀楚辭語)」가 필사체로 되어 있고,
그 뒤에 또 활자본『초사집주』의 권1부터 권8의 본문이 수록되어 있

다. 『초사변증』은 상하 1책, 반엽광곽 16.5×24.0cm, 책 크기 19.1×
30.8cm이다. 그중 『초사변증』 하권의 제4장과 제6장은 필사체로 되
어 있고 나머지 내용은 모두 활자본 간행체로 되어 있다. 『초사후어』
는 6권 2책, 반엽광곽 16.5×24.0cm, 책 크기 19.1×30.9cm이고 모
두 필사본으로 되어 있다.

이 활자본에 삽입되어 있는 필사체의 필사자가 누구인지는 현재 고
증할 길이 없다. 현존 초사 문헌 자료들 중에 이 일본 소장본과 동일
한 판본의 완질본을 발견하지 못하였다. 그러므로 하교신의 「초사서」
과 「풍개지선생독초사어」의 필사내용이 원래 판본에 있는 내용인지
여부도 알 수가 없다. 이 일본 소장본에는 장서인이 찍혀 있는데 '新
春 酷滿 撥夜 浮堂 蟶中 景范'이라 새긴 호영인(壺形印)이 있고, '養心
堂'이라 새긴 정형인(鼎形印); '巴山'이란 원형인(圓形印); '默齋'라고
새긴 방형인(方形印) 등이 있다.

일본 학자 후지모토 유키오(藤本幸夫)의 『일본현존조선본연구 집부
(日本現存朝鮮本硏究 集部)』에 의하면 현재 일본의 존경각에 『초사집
주』·『초사후어』·『초사변증』이 소장되어 있는데 갑인자 활자본이라
고 하였다.[10]

금속활자본의 글자체에 대해 천혜봉의 『한국 서지학』에 의하면, 갑
인자는 1434년(세종 16) 주자소(鑄字所)에서 동활자로 만든 이후 총 여
섯 차례 개주되었는데 甲寅字本(初鑄甲寅字), 庚辰本(再鑄甲寅字), 戊
午字本(三鑄甲寅字本), 戊申字本(四鑄甲寅字本), 壬辰字本(五鑄甲寅字
本), 丁酉字本(六鑄甲寅字本) 등으로 나뉜다. 〈한국고활자실물대비표〉

---

10 藤本幸夫, 『日本現存朝鮮本硏究 集部』, 69~70쪽.

와 대조해본 결과 성균관대 존경각 소장본은 도서관의 서지사항 기재
에서 표기한 것처럼 초주갑인자(初鑄甲寅字) 혼입보자(混入補字)로 간
행된 것이 맞다. 이 활자본의 간행 시기에 대해서 성균관대 존경각에
서는 명종조라고 기재하였고, 고려대 도서관에서는 명종조에서 선조
연간이라고 기재하였으며 일본 학자 후지모토 유키오는 명종조에서
선조초(宣祖初)라고 하였다. 이 외『청분실서목』에도 이 활자본을 수
록하였는데, 간행 시기를 중종에서 명종 연간이라고 하였다.[11]『일본
방서지』에서는 중종에서 명종 연간에 출판한 판본이라고 하였다. 그
러나 현재 자료의 부족으로 이 활자본의 구체적이고 정확한 간행 시
기를 확정할 수 없으며 일단 초주갑인자 혼입보자를 사용한 것으로
보아 간행 시기가 1434년 초주갑인자 이후라는 사실만을 알 수 있다.

## 5. 『초사집주』·『초사후어』·『초사변증』, 1454년 목판본

단종 2년(1454) 밀양부 간인본의 초사 문헌은 국립중앙도서관(청구
기호: 古3716-81, 古3716-82), 장서각(청구기호: 貴D1 1)에 각각『초사후
어』 6권만 소장되어 있고 일본 궁내청 서릉부(청구기호: 511-42)에는
『초사집주(楚辭集注)』·『초사후어(楚辭後語)』·『초사변증(楚辭辯證)』이
비교적 완전하게 모두 보존되어 있어 일본 궁내청 소장본의 서지 관
련 부분을 영인하였다. 이 밀양부 간인본의 서지사항은 구체적으로
다음과 같다.

우선 이 간인본의『초사변증』뒤에 이교연의 발문이 있고 "甲戌五

---

11 李仁榮,『淸芬室書目』, 寶蓮閣, 1968, 369쪽.

月日密陽府開刊"라는 간기가 기록되어 있다. 즉 무술년(1454) 5월에 밀양부에서 간행한 것이다. 그리고『초사후어』뒤에는 "建安 虞信亨 宅 重刊 至治辛酉 臘月 印行"라는 중국의 구간기가 있다.

중국 산동도서관에 소장되어 있는 원나라 지치원년(1321) 건안 우신 형댁 각본은『초사집주』·『초사변증』·『초사후어』를 동시에 합각하였고, 일본의 내각문고에 소장되어 있는 1429년 경자자본의 복각본도 합각한 것이기에 한국에 있는 단종 2년 밀양부 간인본도 응당 현존의 『초사후어』·『초사변증』외에『초사집주』8권도 함께 간행했을 것으로 본다. 그러나 현재 한국에는『초사집주』는 유실되어 잔본으로 남아 있다. 일본 궁내청 서릉부에는 완질본 3책이 소장되어 있다.

한국 내 소장본과 일본 궁내청 소장을 대조하여 본 결과 단종 2년 (1454) 밀양부 간인본『초사집주』8권,『초사후어』6권,『초사변증』 상하의 서지사항은 마땅히 다음과 같다. 목판본, 경자자 복각본, 사주 쌍변, 유계, 11행 21자, 흑구, 상하흑어미, 소자쌍행(매행 21자), 반엽 광곽 15.7 × 22.0cm, 책 크기 19.9 × 30.8cm.『초사집주』8권은 먼저 목록이 있고 다음에 본문이 있으며, 그 다음에『초사후어』6권이 이어지는데「초사후어목록(楚辭後語目錄)」뒤에 중국위 구간기 "建安 虞 信亨宅 重刊 至治辛酉 臘月 印行"이 있다. 그리고『초사후어』의 본문이 있으며 그 뒤에 추응룡(鄒應龍), 주재(朱在), 주감(朱監)의 발문이 차례로 있다. 그 다음에『초사변증』상하가 있다.『초사변증』의 본문 뒤에 이교연(李皎然)의 발문과 밀양부 간기가 있다.

그런데 일본 궁내청 서릉부는 비록 완질본 3책이 소장되어 있지만, 유통과정에 새로 장정을 하였으므로『초사집주』8권,『초사후어』6 권,『초사변증』상하의 편차에 오류가 발생하였다. 즉 제1책의 순서가

『초사집주목록』, 『초사변증』 상, 『초사집주』 권1~3이고, 제2책은 『초사집주』 권4~8이 수록되어 있고, 제3책은 『초사후어목록』, 『초사변증』 하, 『초사후어』 권1~6, 추응룡(鄒應龍), 주재(朱在), 주감(朱監)의 발문, 이교연(李皎然)의 발문과 밀양부 간기 등 순서로 편집되어 있다. 이를 감안하여 본서는 이 일본 소장본을 영인할 때에 그 잘못된 편차를 바로잡아서 정확한 순서대로 영인하였다.

이교연의 발문은 다음과 같다.

계유년(1453)에 나는 이곳 관직에 부임하였다. 그해 겨울에 감사(監司) 이상국(李相國) 숭지(崇之)가 이 고을에 순찰하러 왔다가 나에게 말하기를 "시 삼백편의 새로운 체가 변하여 「이소」가 되었는데 선유(先儒)가 이것을 사부(詞賦)의 시조로 삼았다. 마치 지극히 네모난 것에 곱자가 필요 없고, 지극히 둥근형에 그림쇠가 필요 없듯이 이로부터 남쪽 나라가 「이소」를 으뜸으로 삼아 명문장이 속출하여 통틀어 초사라고 불렀다. 초사의 소리와 운율은 리듬이 있고 힘차니 확실히 사학의 지남침이 될 만하다. 현재 내가 얻은 한 책은 주석이 상세하고 분명하고, 다행히 성명께서 문으로 다스리는 시기를 만났으니 마땅히 간행해서 널리 전파해야 한다."라고 하였다. 그래서 내가 재료를 모으고 장인을 뽑아서 간행하는 일을 감독하고 관리하였으며 한 달이 채 되지 않아 완성하였다. 오호, 상국은 다른 사람이 선을 하도록 도와주고 가르침과 배움을 동시에 주시니 지극하다고 할 수 있다. 그러므로 내가 이 글을 지었다. 부사중훈대부 겸 권농병마단련사 이교연이 삼가 발문을 짓다.

歲在癸酉(1453), 余來官于玆. 其年季冬, 監司李相國崇之巡至此邑. 謂余曰: 三百篇之新體變而爲「離騷」, 先儒以爲詞賦之祖, 如至方不能加矩, 至圓不能加規, 自是南國宗之, 名章繼作, 通號楚辭, 其聲韻鏗鏘, 誠詞學之指南也. 今所得一本, 注釋詳明. 幸逢聖明文治之日, 宜鋟梓以廣其傳. 余於是鳩材募工, 監掌其事, 不閱月而功訖. 嗚呼, 相國與人爲善, 惠教與學, 可謂至矣! 余於是乎書. 府使中訓大夫兼勸農兵馬團練使李皎 然謹跋.

그리고 뒤에 있는 간기에는 간행에 참여한 인원명단과 밀양부 간행 연도를 자세하게 기록하였는데 아래와 같다.

都觀察黜陟使 嘉善大夫 兼 監倉安集轉輸 勸農管 學事提調 刑獄兵馬 公事 兼 判尙州牧事 李崇之, 都事奉直郎 李孝長, 教授官通德郎 李云 俊, 監督生員 白昭, 校正進士 金敬用, 幼學 朴楨之, 刻字前副司直 李英 春, 前副司正 金順義, 中德 惠脩, 大禪師 心脩, 學生 鄭自濟. 都邑前行 首戶長正朝 孫仲義. 甲戌(1454) 五月日 密陽府 開刊.

이교연의 발문에는 이숭지가 "현재 내가 얻은 한 책은 주석이 상세 하고 분명하다."라고 한 그 책이 1429년 경자자의 초인본인지 아니면 후인본인지 알 수 없다.

이교연의 발문에서 언급한 바대로 실제로 그는 1453년 10월 15일에 밀양부사로 임명되었다. 같은 해 음력 12월에 경상도 감사인 이숭지 가 밀양에 순찰을 하러 온다. 이숭지는 사부(辭賦)의 최고 경지인 『초 사』에 대하여 높이 평가하여 『초사』를 사학(辭學)의 지침으로 여기고 널리 알렸으며 선비들로 하여금 『초사』를 배우게 하였다. 특별히 밀 양부사 이교연에게 당부하여 자신이 갖고 있는 초사 간인본을 저본으 로 삼아서 밀양부에서 간행하게 하였다. 이숭지는 원나라 지치원년 간인본을 중간한 고서를 갖고 있었던 셈인데 주석이 상세하여 아주 좋은 주석본으로 여겼다. 따라서 이교연은 이숭지의 명에 따라 목재

를 준비하고 장인을 모집하여 한 달도 되지 않아 이 책의 판각 작업을
모두 마치고 1454년 5월에 처음으로 간행하게 된다. 발문으로부터 우
리는 밀양부 간인본을 간행하게 된 연유를 알 수 있을 뿐만 아니라
또한 조선의 중신 이숭지의 초사에 대한 추앙과 초사 문헌에 대한 감
별 수준도 엿볼 수 있다.

밀양부 간인본의 간기 내용을 보면 1453년부터 1454년까지 간행에
참여한 모든 인원에 대하여 기록을 하고 있다. 지금까지 수집한 조선
의 초사 관판본 중에서 이렇게 꼼꼼하게 기록한 것은 매우 드물었다.
간행에 참여한 인원 중에 주사(主事) 관원 이외에 유학(幼學), 학생(學
生), 중덕(中德), 대선사(大禪師) 등도 있는 것을 확인할 수 있는데 참
여한 인원이 많고 계층도 다양하다. 이 기록은 매우 중요한 사료적 가
치가 있고, 밀양부 간인본도 매우 귀중한 자료이다.

### 6. 『초사집주』, 1623년 이전 목판본

목판본 『초사집주(楚辭集注)』(권3~4) 잔본 1책, 장서각(청구기호: D1-
4)에만 소장되어 있다. 장서각의 홈페이지에 온라인상 입력한 서지사
항에는 인조시기 이전의 경자자본이라고 하였다. 그러나 실제 자료를
직접 열람하여 본 결과 경자자로 찍은 활자본이 아니라 경자자의 목
판 복각본이다. 구체적인 서지사항은 다음과 같다. 목판본, 사주단변,
유계, 8행 17자, 소주쌍행(매행 17자), 백구(白口), 무어미(無魚尾), 반엽
광곽이 13.0 × 16.8cm, 책크기가 15.0cm × 23.0cm이다. 뒤표지에 "飛
鳳"라는 글자가 쓰여 있고, 마지막 면에는 "梅堂 乙亥三月買□□"라는
제첨이 있다. 또한 판심에 "楚幾 幾"가 새겨져 있고 '鳥川世家' 장서인

이 찍혀있다. 이 목판본의 간행 시기에 대해서는 정확히 판단하기 어려우므로 일단 장서각의 해제를 참조하여 1623년 이전으로 본다. 내용은 주희의『초사집주』와 동일하다.

### 7.『초사집주』·『초사후어』·『초사변증』, 16~17세기까지 목활자본

중국 원나라 지치원년 건안 우신형댁 각본을 저본으로 하여 조선에서 중간한 간인본으로는 1429년 경자자본 외에도 또 국립중앙도서관, 규장각(청구기호: 奎中2171), 고려대학교 등에 소장하고 있는 훈련도감에서 간행한『초사집주(楚辭集注)』8권과『초사후어(楚辭後語)』6권,『초사변증(楚辭辯證)』상하가 있다. 국립중앙도서관과 고려대학교에 소장된 훈련도감본은 여러 책이 있으므로 일일이 청구기호를 표기하지 않겠다. 그러나 이 두 곳의 소장은 모두 잔권이며 훼손과 결여가 많다. 규장각 소장본은 비교적 완전하지만『초사집주』(권4~8)이 결여되어 있다. 그러므로 본서는 규장각 소장의 영본 3책 중에서 목차, 권수면, 간기 등 필요한 부분을 영인하였고, 이 훈련도감본의 전체 면모를 보여주기 위해 국립중앙도서관 소장본에서『초사집주』권8의 마지막 장을 영인하여 보완하였다.

규장각 소장의 훈련도감본의 서지사항은 다음과 같다. 목활자본, 훈련도감자본, 사주쌍변, 유계, 9행 17자, 소자쌍행(매행 17자), 내향삼엽화문어미(內向三葉花紋魚尾), 반엽광곽 15.4 × 25.0cm, 책 크기 20.1 × 32.0cm. 그중「초사후어목록(楚辭後語目錄)」뒤에 "建安 虞信亨宅 重刊 至治 辛酉 臘月 印行"이라고 한 중국의 구간기가 있고 발문은 없다. 목록의 첫머리에는 '春坊藏', '正山弟子', '侍講院', '朝鮮總督

府圖書之印' 등 장서인들이 찍혀 있다. 이 훈련도감본은 1429년 경자
자본의 복각본, 밀양부 목판본과 비교해보면 많은 곳에 글자 모양이
비뚤어져 있는 것을 볼 수 있는데 이는 선본(善本)이 아님을 말해준다.
규장각의 해제에는 이 훈련도감본의 간행 시기는 광해군 연간(1608~
1623)이라고 하였고, 고려대학교 도서관의 해제에는 소장된 훈련도감
본의 간행 시기는 1609~1636 연간이며 을해자체(乙亥字體) 훈련도감
자이라고 하였다. 천혜봉의 『일본 봉좌문고 한국전적(日本 蓬左文庫
韓國典籍)』[12]에 의하면 『초사집주』·『초사후어』·『초사변증』의 훈련도
감본이 갑인자체라고 하였다. 그러나 〈한국 고활자 실물 대비표(韓國
古活字實物對比表)〉와 대조해본 결과 을해자체와 더욱 비슷한 것 같
다. 그러나 이 활자본이 훈련도감자본의 어떤 글자체인지를 확정하기
에는 아직 충분한 논거가 없기 때문에 향후 더 깊이 연구해보아야 할
과제이다.

또 천혜봉은 "훈련도감의 이러한 인쇄사업은 전존의 인본을 조사해
볼 때, 선조 말기부터 시작되어 광해군 시대를 거쳐 인조조의 丙子胡
亂을 겪은 뒤 한동안까지 계속되었다."[13]라고 하였는데 이로부터 이
훈련도감본은 16세기부터 17세기까지 간행되었음을 알 수 있다.


## 8. 『초사집주』·『초사후어』·『초사변증』, 1668년 이후 금속활자본

조선시기 중국의 『초사집주(楚辭集注)』 8권 양상림본(楊上林本)이
조선에 전래되어 그것을 저본으로 삼아 다시 간행한 책들이 많은데

---

12 千惠鳳, 『日本 蓬左文庫 韓國典籍』, 지식산업사, 2003, 187쪽 참조.
13 千惠鳳, 『韓國 書誌學』, 민음사, 1997, 419쪽.

서지 판식으로 볼 때에 금속활자본(무신자)과 목판본(무신자 복각본) 두
종의 판본이 있다. 이 영인 자료는 규장각에 소장된 금속활자본 무신
자본의 일부를 선취하였다.

중국의『초사집주』8권 양상림본은 조선에서 재간하면서 내용에 산
삭을 가했을 뿐만 아니라『초사후어(楚辭後語)』,『초사변증(楚辭辯證)』
도 합각하여 간행하였다.

금속활자본(무신자)『초사집주』·『초사후어』·『초사변증』은 규장각,
국립중앙도서, 연세대학교 도서관 등에 소장되어 있다. 그중 규장각
에는 또 2종의 금속활자 무신자본(청구기호: 奎中1523, 奎中2179)이 있
는데 모두 중앙관판본으로서 선본이다. 본서는 규장각 소장본(청구기
호: 奎中1523)을 영인하였다. 무신자본(청구기호: 奎中1523)은 중앙관판
본의 최초 활자본이다. '侍講院', '帝王圖書之章', '春坊藏' 등 장서인
이 찍혀 있고 사주단변, 유계, 10행 18자, 소자쌍행(매행 18자), 백구(白
口), 내향이엽화문어미(內向二葉花紋魚尾), 반엽광곽: 17.8×25.3cm,
책 크기 21.7×34.0cm이다. 무신자본(청구기호: 奎中2179)은 '弘文館'
이란 장서인이 찍혀 있고, 반엽광곽 17.8×25.3cm, 책 크기 21.0×
33.0cm이다. 편차를 본다면 먼저『초사집주』8권이 있는데, 목록,
본문의 순서로 있고, 다음에『초사후어』6권이 있는데 목록, 본문이
있고, 그 다음에『초사변증』상하권이 차례로 있다.『초사집주』본문
의 권수에 "楚辭卷之一 朱子集注"라고 쓰여 있고, 그 다음 행에 "離騷
經第一 山陽楊上林校刊"이라고 쓰여 있다. 이로부터 이 판본은 중국
의 양상림본을 저본으로 하여 복각한 것임을 알 수 있다. 권수에 "山
陽楊上林校刊"이라고 써놓은 것으로부터 볼 때 양상림은 산양 사람이
라는 것을 확인할 수 있다. 사실 원나라 지원 20년(1283)부터 명청 시

기에 이르기까지 회음을 산양에 합병을 하고 분리하지 않았기에 명청 시기에 회음 사람을 산양 사람(지금의 강소(江蘇) 회안(淮安))이라고도 하였다. 양상림은 자가 자점(子漸)이고 호는 용진(龍津)이며 회음 사람 이고 명나라가정 14년에 진사에 급제하여 장흥령(長興令)에 임명되었 으며 호과급사중(戶科給事中)과 이부도급간(吏部都給諫)을 지냈다. 그 는 초사를 간행한 것 외에 또 장진(張珍)의 『고금논략(古今論略)』도 간 행하였다.

천혜봉 『한국 서지학』[14]을 보면 이 무신자는 사주(四鑄) 갑인자이다. 주조 시기는 현종(顯宗) 9년(1668)이다. 그러므로 이 활자본과 그 후의 복각본(覆刻本)의 간행 시기는 모두 1668년 이후이다.

### 9. 『초사집주』·『초사후어』·『초사변증』, 1668년 이후 목판본

국립중앙도서관에 소장된 목판본 『초사집주(楚辭集注)』·『초사후어 (楚辭後語)』·『초사변증(楚辭辯證)』(청구기호: 한古朝43-나8)은 무신자 복 각본이며 한국의 기타 여러 기관에도 소장되어 있다. 본서는 국립중 앙도서관 소장본(청구기호: 한古朝43-나8)을 영인하였다. 현재 초사의 한국 간인본의 수량을 볼 때에 이 목판본은 가장 많이 간행된 문헌이 다. 국립중앙도서관(청구기호: 한古朝43-나8), 장서각(청구기호: K4-30 1), 미국 버클리대학교(청구기호: 40. 2) 세 곳에 소장되어 있는 양상림 본은 모두 조선시기에 중간한 것으로 글자체가 같고 목판본이며 무신 자 복각본이다. 서지는 사주쌍변, 유계, 내향이엽화문어미, 10행 18

---

**14** 千惠鳳, 『韓國 書誌學』, 민음사, 1997, 291쪽.

자, 소자쌍행(매행 18자)이다. 하지만 어떤 목판본들은 반곽 크기가 다르다. 그리고 국립중앙도서관과 미국 버클리 대학에 소장되어 있는 조선시기에 중간한 양상림본을 보면 「초사집주목록」의 주희 발문 중 "그 두 책은 명물을 훈고함에 있어 이미 상세하게 되어있다. 왕일의 책의 취사를 본다면……(其於訓詁名物之間, 則已詳矣. 顧王書之所取舍……)"에서 "矣"와 "顧" 두 글자가 가려져 있는데 그 원인을 알 수가 없다. 편차를 본다면 먼저『초사집주』8권이 있는데, 목록, 본문의 순서로 있고, 다음에『초사후어』6권이 있는데 목록, 본문이 있고, 그 다음에『초사변증』상하권이 차례로 있다.『초사집주』본문의 권수에 "楚辭卷之一 朱子集注"라고 쓰여 있고, 그 다음 행에 "離騷經第一 山陽楊上林校刊"이라고 쓰여 있다. 이로부터 이 판본은 중국의 양상림본을 저본으로 하여 복각한 것임을 알 수 있다.

천혜봉의『한국 서지학』에 의하면 무신자의 주조 시기는 현종(顯宗) 9년(1668)이므로 이 무신자 복각 목판본의 간행시기는 1668년 이후이다. 또한 무신자 금속활자본과 무신자 복각 목판본은 글자체에서 선명한 차이를 갖고 있다. 금속활자본은 "雜"자를 많이 사용하였으며 또한 "辝"와 "辭"의 혼용 현상이 있다. 그러나 무신자 복각본은 "雑"와 "辭"자를 많이 사용하고 있다.

## 10.『초사』, 1860년 목판본

국립중앙도서관에『초사(楚辭)』(청구기호: 古3745-13)라는 서명의 방각본이 있는데 겉표지에 "楚辭 全"이라고 되어 있고 "上章涒灘首夏新刊"이라는 간기가 있다. "上章涒灘"은 경신년을 가리키므로 아래에는 경신본(庚申本)이라고 약칭하기로 한다. 본서는 국립중앙도서관 소장본(청구기호: 古3745-13)을 영인하였다. 이 판본은 1책, 사주단변, 무계, 반엽광곽: 7.5cm×11.8cm이고 판심에 "이견(利見)"이라는 서명과 면수가 새겨져 있고 어미가 없다. 목록은 없고 본문에는 「이소경(離騷經)」, 「구가(九歌)」(「예혼(禮魂)」은 수록되지 않음), 「구장(九章)」, 「원유(遠遊)」, 「장문부(長門賦)」, 「유통(幽通)」, 「사현부(思玄賦)」, 「등루부(登樓賦)」, 「애강남부(哀江南賦)」, 「북산이문(北山移文)」 등이 수록되어 있다. 이중 「이소경」, 「구가」, 「구장」, 「원유」만 초사 작품이고 나머지는 다른 사람들의 부체(賦體) 작품이다. 원문만 수록되어 있고 주석은 보기 드물며 모두 50면이다. 마지막 면에 간기가 있고 '劉輪堂' 장서인이 찍혀 있다. 이 경신본의 간행 시기는 1860년이다.

이 경신본 목판본은 연세대학교에도 소장되어 있다. 그 외, 국립중앙도서관에 『고부영선(古賦英選)』(청구기호: 古3716-74)이라는 책이 소장되어 있는데 표지에 비록 "古賦英選"이라고 하였지만, 사실 내용은 『초사』(청구기호: 古3745-13)와 동일본이다. 그러므로 경신본의 서명이 다양하다는 것을 알 수 있다.

## 11. 『부가정종』, 1886년 목판본

장서각에 『이소경(離騷經)』(청구기호: D1-5)이라는 초사 자료가 있는데 장서각 홈페이지의 서지사항 소개에서는 "일본목판본이며 간기는 '丙戌秋 七月 文成堂 梓行'이고 판심에 '利見'이라고 적혀 있고, 1책이며 사주단변, 어미가 없다."고 기록하였다. 그러나 장서각에 가서 직접 자료를 확인할 결과 이 목판본은 문성당(文成堂)에서 간행한 『부가

정종(賦家正宗)』병술본이며 서명이『이소경』이 아니다. 이 목판본은
조선시기의 방각본이고 1책, 반엽광곽이 7.5cm×11.8cm이고 책 크기
가 10.0cm×17.0cm이고 표지에 "楚詞 附數種. 袖珍本"이라고 쓰여
있다. 판심에 '利見'과 면수가 적혀 있고 사주단변, 어미가 없다. 이
책의 내용에는「이소경」,「구가(九歌)」(「예혼(禮魂)」은 수록되지 않음),
「구장(九章)」,「원유(遠遊)」,「장문부(長門賦)」,「유통(幽通)」,「사현부
(思玄賦)」,「등루부(登樓賦)」,「애강남부(哀江南賦)」,「북산이문(北山移
文)」이 수록되어 있다. 원문만 수록되어 있고 주석은 보기 드물며 모
두 50면이다. 마지막 면에 목록과 간기가 있다. 이 병술본은 앞에서
소개한 국립중앙도서관 소장의 경신본『초사』와 비교해 볼 때에 판심
의 글자, 반엽광곽, 면수, 수록한 목차가 모두 동일하다. 다만 경신본
의 원판에서 마멸된 여섯 면의 목판을 보각하여 다시 간행한 보각본
(補刻本)이다. 간행 시기는 1886년으로 추정된다.

한국 초사문헌 집성 中

여기서부터는 영인본을 인쇄한 부분으로 맨 뒤 페이지부터 보십시오.

雖情投於魏闕
或假步於山扃
塵遊躅於蕙路
汚淥池以洗耳

於是叢條瞋膽
疊嶺怒魄

豈可使
芳杜厚顏
薜荔蒙恥
碧嶺再辱
丹崖重滓
截来轅於谷口
杜忘轡於郊端

宜扃岫幌
掩雲關
斂輕霧
藏鳴湍
請迴俗士駕
爲君謝逋客

或飛柯以折輪
乍低枝而掃迹

# 離騷經

屈原

帝高陽之苗裔兮
朕皇考曰伯庸 羲
攝提貞于孟陬兮 正
惟庚寅吾以降
皇覽揆余于初度兮 考
肇錫余以嘉名

名余曰正則兮
字余曰靈均
紛吾既有此內美兮 盛
又重之以修能
扈江離與辟芷兮 被
紉秋蘭以為佩

汩余若將不及兮 去
恐年歲之不吾與
朝搴阰之木蘭兮 山
夕攬中洲之宿莽
日月忽其不淹兮
春與秋其代序 任賢

惟草木之零落兮
恐美人之遲暮
不撫壯而棄穢兮
何不改乎此度
乘騏驥以馳騁兮
來吾導夫先路 爲君引入聖道

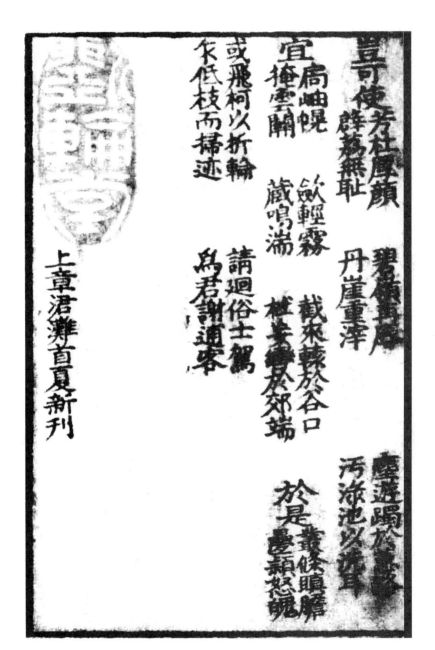

100

希踪二輔豪
馳譽九州牧
澗戶摧絕無返跡
石逕苑凉徒延竚
昔聞投簪逸海岸
今見解蘭縛塵纓
慨遊子之我欺
悲無人以赴弔
聘西山之逸議
馳東皐之素謁

使其高霞孤映
明月獨舉
至於還飈入幕
寫霧出楹
於是南嶽獻嘲
北隴騰笑
故其林慙無盡
澗愧不歇
今乃促裝下邑
浪栧上京

青松落陰
白雲誰侶
蕙帳空兮夜鶴怨
山人去兮曉猿驚
列壑爭譏
攢峯竦誚
秋桂遣風
春蘿罷月
雖情投於魏闕
或假步於山扃

務光何足比

消子不能儔

爾乃眉軒席次

袟發筵上

坐林鬱而有失

顧草木而如喪

馳妙興於浙石

張英風於海甸

馳妙興於浙石

酒賦無績

琴歌既斷

及其鳴騶入谷

鶴書赴隴

形馳魄散

志變神動

風雲悽其帶憤

石泉咽而下愴

抗塵容而走俗狀

跨屬城之雄

冠百里之首

校笠製而裂荷衣

細黑綬

至其紐金章

敲扑諠囂犯其慮

牒訴倥傯裝其懷

道帙長揖

法筵久理

常綢繆於結課

每紛綸於折獄

龍張趙於往圖

架卓魯於前錄

終始參差

蒼舊反覆

何其謔我嗚呼

尚生不存

仲氏既往

既文既博　　然而

亦玄亦史　習隱南郭

淚羅子之悲

慟朱公之哭

乍迴迹以心染

或先貞以後黷

世有周子

儔俗之士

山阿寂寥

千載誰賞

竊吹草堂

濫巾北嶽

誘我松桂

欺我雲壑

雖假容於江皐

乃嬰情於好爵

其始至也將欲

排巢父

拉許由

傲百氏

蔑王侯

風情張日

霜氣橫秋

或歎幽人長往

或怨王孫不游

談空□於釋部

覈玄□於道流

豈知霸陵夜獵，猶是舊時將軍；咸陽布衣，非獨思歸王子。

## 北山移文

孔德璋

鍾山之英，草堂之靈，馳煙驛路，勒移山庭。夫以耿介拔俗之標，蕭灑出塵之想，度白雲以方韻，干青雲而直上，吾方知之矣。若其亭亭物表，皎皎霞外，芥千金而不眄，屣萬乘其如脫，聞鳳吹於洛浦，值薪歌於延瀨，固亦有焉。

天地之大德曰生

聖人之大寶曰位

用無賴之子弟
鑿江東而金柰

遵東南之菽氣
惜天下之一家

余烈祖於西晉
始流播於東川
且夫天道迴旋
生民預焉

不可闕天況復
先生夔少神臯
望宣平之貴里
踐長樂之神臯
提挈老幼
端憂碁圖

剛何累年
逼切厄廬
又遭時而北邁
泊余身而七葉
天何為而此神
以報賜禁

歲將復始
日窟于紀
零落將盡
靈光巋然譜記
獨存

見鍾鼎於金張
慕府大將軍之愛客
閩絃歌於許史
丞相平津侯之待
驪山迴於地肺
渭水貫於天門
劉見

95

石望夫而逾遠
山望子而逾多
才人之憶代郡
公主之去清河
棚楊亭有離別之賦
臨江王有愁思之歌
別有
飄颻武威
羈旅金微
班超生而望返
溫序死而思歸
李陵之雙鳧永去
蘇武之一鴈空飛
若江陵之中否
乃金陵之禍始
雖借人之外力
實蕭牆之內起
撥亂之主忘勞（梁武）
中興之宗不祀（元帝）
伯兮叔兮
同見戮於猶子
荊山鵲飛而玉碎
隋岸蛇生而珠死
鬼火亂於平林
殤魂遊於新市
梁故豐徒揖讓君
楚實春泰亡
不有所廢
其何以昌
有媯之後
將育於姜
輸我神器
居為讓王

河無氷而馬渡
關未曉而鷄鳴
莫數緣於流谷
冶父因於羣帥
水毒蓁莝
山高趙陘
于時尾解氷泮
風飛奄散
逢赴洛之陸機
見離家之王粲

忠臣解骨
君子呑聲

砌笋摺拉
鷹鸇批擴
十里五里
長亭短亭
渾然千里
淄澠一亂
莫不向關山而長歎
聞隴水而掩泣

冤霜夏零
憤泉秋沸
饑隨螢爛
暗逐流螢

童華豈祭之所
雲夢偽遊之地
城朋杞婦之哀
竹染湘妃之淚

秦中水黑
關上泥青
雪暗如沙
氷橫似岸
況復妾在清波
君在交河

赤壁則三朝突兀曰　凶吳之威旣窮　周令鄭忽

蒼雲則七重闔閨　入鄢之年斯盡　楚結秦寃

有南風之不競　值西鄰之噴言　　俄而棧衛鬩舞

　　　　　　　　　伐而冀爲雲屯　樓泰重於錫鍜

下映倉而蓮筈　雖復雖有七澤　眷漢鼓於雷門

渡隱疊而檛船　雖復人稱三戶　箭不飜於六麋

辮洞庭兮落木　燀火兮燄旗　　雷無驚於九虎

去滃陽兮極浦　自風兮雲盡　　乃使王輔楊灰

下江餘城　　徒恩箝馬之株　　章要支以駭走

長林故營　　未見燒牛之兵　　宮之奇以族行

況八皆關而懷延
異端委而開吳
聞諸洋昏之冤
求諸厭刿之巫
既無謀於呴食
非所坐於論都
既言多於忿刿
寔忠勇而刑殘
其怨則黷
其盟則寒

驅絲林之散卒
拒驪山之叛徒
荊門遵陳延之轍
夏口溫達泉之誅
未淺思於五難
先自擅於三端
但坐觀於時變
本無情於急難
豈冤禽之能塞海
非愚叟之可移山

營軍梁漕
蒐乗己逾
萬固親以敎發
忍和樂於鸞弧
登陽城而避險
卧砥柱而求安
地惟黑子
城猶彈丸

況以沴氣朝浮
妖精夜隕

91

非無北闕之兵
猶有雲臺之伏
平吳之功壯於杜元凱
王室是賴溪於溫太真
鎮北之風標凛然
負檐扵前
中宗之大臺寃趾
沈猜則方逞其欲
葳疾則自稅扵己

司徒之表裏經綸
狐優之性王室勤
始則地名全節
終則山稱枉人
水神遺箭
山靈見報　是以鷙熊傷馬
去代郵而承墨
邊庚郊而綦祀
天下之事汝勞
諸侯之心搖矣

橫瑦戈而對霸壑
執金鞭而問賊臣
南陽校書
上祭逐獵知之同晚
才子併命　俱非百年
是以浮蛟沒勢
返舊輦於司隸
歸餘風於正始
晉交比絕
秦患西起

戎車臨於石城
戈船掩于淮泗
埋長狄於駒門
斬蜚尢於中冀
莫不隨狐兔而窟穴
草木與風塵而殄悴
倚己於玉女窓扉
蟄馬於鳳凰樓柱
聲超於聲裏
道高於河上

諸侯則鄭伯先驅　剖巢燻穴
盟主則荀罃畢至　本魃走魁

然腹烏燈　直虹貫壘　昔之虎踞龍盤
飲頭為器　長星燭地　加以黃旗紫蓋

西瞻博望　月謝風臺　若夫立德立言
北臨玄圃　池平樹古　誤明寅亮

仁獸之鏡夜懸　以愛子而托人
茂陵之書空聚　知西陵而誰望

豈不過於浮邱
遂無言於胏腑

混海維揚
三千餘里

本不達於危行
又無情於祿仕
奉立身之遺訓
受成書之顧託
入報絣之小徑
捲蓬蔂之荒扉

過漂渚而寄食
託廬中而寄宿

課掌衡於中軍
遂尸祿於御史
苴三世而無斁
今七葉而方落

屆于七澤
凄于九泚

差天步之未定
見殷憂之方始

魔兵金柄
校戰玉堂

蒼鷹赤雀
鐵軸牙檣

沈白馬而誓眾
員黃龍而渡江

就□洲之柱者煇□
待廬墓之畢夫

于時西楚霸王起
于時劍及蒲陽

信生世等於龍門
辭親同於河洛

泣風雨於梁山巇峽
僧柘魚之倒綦

沈白馬而誓眾
員黃龍而渡江

海潮迎艦
江萍送玉

88

假刄伸於顧寒官編
稱使者之酬對

吹落蕊之扁舟
颺長風於上游
張遼臨於赤壁
王濬下於巴邱
落帆黄鶴之浦〔一言自言潛行〕
藏船鸚鵡之洲
馳馬江而不渡
堂赤崖而沾衣

逢鄂坂之譏嫌
值彭門之征稅
彼錯牙而釣爪
又媸江而習流
或前畫而沉舟
路己分於湘漢
星猶看於斗牛

乘白馬而不前
榮青鷗而轉礎
排青龍之戰艦
闘飛熊之船樓
未辨贄於黄蓋
己先沉於杜侯

雷池柵浦　磯舍無煙　鸛陵於戌
謂荆衡之杞梓
麻江漢之可待

若乃釣臺斜趣

當熊元戎
身先士卒
或以隼興鶚披
操神亭而屯戟
臨橫江而棄馬
潰巳沸騰
莊巳慘黯
撲雀毀而未飽
待熊蹯而詎熟

貴洛魚門
兵墳焉窟
屢扼邁中
功業天任
身命埋沒
頗遭刮骨

血漬鋒鏑
脂膏原野
兵韜廣強
城孤勢寡
聞鶴喉而虛驚
聽胡笳而淚下

崩於鉅鹿之沙
碎於長平之尾
於是長洲麋鹿
桂林蓁覆
競動天躍
爭迴地軸

天地離阻
人神慘酷
晉鄭靡依
魯衛不睦

乃有車側郭門
筋縣廟屋
尼同曹社之謀
人有秦庭之哭

陶侃空奉米船　　　　將軍上妖綖　烽随星落

顧榮虚縋羽扇　　　路絶重圍　　　書逐鳶飛

失驚班馬　　　　猛士嬰城　　　　　遂乃韓分趙裂

迷輪亂轍　　　　謀臣卷舌　　　　　鼓卧旗折

五郡則兄弟相悲　　護軍陳餼　　昆陽之戰衆走林

三州則父子離別　　忠能死節　　常山之陣蛇舉尾

兄弟二人野孟　　主辱臣死　　三世為将　濟陽忠壯

義壁俱唱　　　名存身喪　　終於此滅　身參末將

雲梯可桓　　敵人歸元　　　　　尚書多美

地道能防　　三軍懐愴　　　　　守備是長

有齊將之閉壁　大事去矣　申子奮猛

無蒸師之卧墻　人之云亡　勇氣咆勃

川見

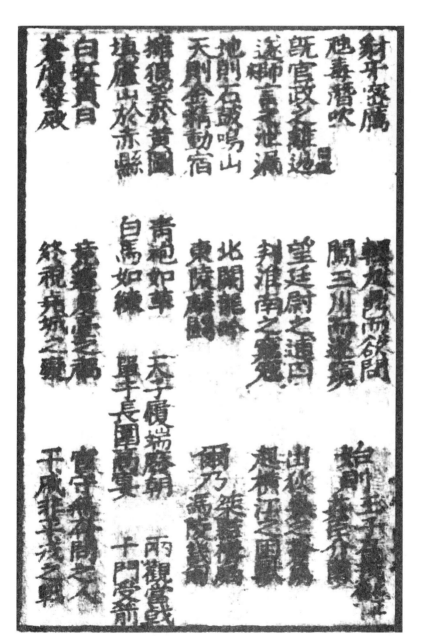

移談講樹　　降生世德　　文詞高於甲觀

就簡書鈞　　載誕貞臣敬肩　模楷盛於漳濱

既奸回之靈願　　　　　　　嗟有道而無鳳

終不悅於仁人微發肩吾　　　嘆非時而有麟

遊狎雷之講肆　王子洛濱之歲十五歲　始含香於建禮

函明閣之冒遷　蘭成射策之年遊澤　仍矯翼於崇賢

侍戎輅於武帳　既傾蓋而酌海　　方塘水白

聽雅曲於文絃　遂測管而窺天當大　釣渚池圓

論兵於江漢之君　乃解懸而通籍　　居笠轂而學兵

拭玉於西河之主　遂崇文而會武名曰　出蘭池而典午

　　　　千時朝野歡娛　里為冠益

　　　　池臺鍾毓　　　門成鄉魯

堂庭承周以世功而為族　　粟嵩華之王石　　居負洛而重世

經邦佐漢用論道而當官　　潤河洛之波瀾　　邑臨河而晏安

述永嘉之銀虞　　　民枕倚於壇壝　　值五馬之南介

始中原之之主　　　路交橫於剝虎　　逢三星之東聚

彼凌江而建國　　　分南陽而賜田　　誅宋王之宅

始播遷於吾祖　　　裂東岳而胙土　　穿逕臨江之府

山川崩媧　　　　　家有道　　　　訓子見於純深

水木交運　　　　　人多全節　　　事君彰於義烈

山川逸民　　　況乃天山逸民

新野有生祠之廟　　　少微真人增　　階庭空谷

河南有胡曹之禍　　　　　　　　門巷蒲輪

分裂山河

宰割天下 豈有 一朝卷甲

頭會箕歛者合從締父

鋤耰棘矜者因利乘便

混一車書無殽平陽之災

併吞六國不免軹道之灾

天意人事

可以憮愴而傷心者矣

冤者欲達其言

勞者惟歇其事

百萬義士 粉骨灰斬伐 如草木焉 江淮無屏斥之限

將非江表王氣 終于三百年乎 是知 亭障無藩籬之固

嗚呼山嶽崩頹 既履危亡之運

況復春秋迭代必有去故之悲

風颷道阻蓬萊無可到之期

舟楫路窮靑雲漢非乘槎可上

陸七衡聞而撫掌是所甘心

張平子見而陋之固其宜矣

81

燕歌遠別悲不自勝

吳光相逢淚沾襟胡何又紛紛

慷歌非取樂之方

置酒無忘憂之用

將軍一去大樹飄零

壯士不還寒風蕭瑟

韓信君子入就南冠之囚

李孫行人留守西河之館

釣臺移柳非玉關之可望

華亭鶴唳豈河橋之可聞

畏南山之雨怨踐泰庭　下章懍懍

讒東海之濱遂食周粟　高榱舞林

唱焉此賦　不無慕之詞　日暮途遠

期以記言　唯以悲哀爲主　人間何世

荊璧既賦連城而見欺

載書橫階摇珠盤而不定

甲乙之�J地揉之必首

蔡哀公之疾盡纓之以血

孫榮以天下爲三分鼎峙一旅遂□

項籍用江東之子弟人惟八千遂□

哀江南賦

粵以戊辰之年，建亥之月，大盜移國，金陵瓦解。余乃竄身荒谷，公私塗炭。華陽奔命，有去無歸，中興道消，窮于甲戌。三日哭于都亭，三年囚於別館。天道周星，物極必反。傅燮之但悲身世，無處求生；袁安之每念王室，自然流涕。昔桓君山之志事，杜元凱之平生，並有著書，咸能自序。潘岳之文，采始述家風；陸機之詞賦，先陳世德。信年始二毛，即逢喪亂。玉於暴

悲舊鄉之壅隔兮
涕橫隊而弗禁
人情同於懷土兮
豈窮達而異心
惧魄瓜之徒懸兮
畏井渫之莫食
獸狂顧而求羣兮
鳥相鳴而舉翼
循惜除而下降兮
氣交憤於胸臆

昔尾父之在陳兮
有歸歟之歎音
惟日月之逾邁兮
侯河清其未極
步棲運以徙倚兮
白日忽其將匿
原野闃其無人兮
征夫行而未息
夜參半而不寐兮
悵盤桓而反側

鍾儀幽而楚奏兮
莊舄顯而越吟
冀王道之一平兮
假高衢而騁力
風蕭瑟而弁起兮
天慘慘而無色
心悽愴而感發兮
意忉怛而憯惻

# 登樓賦　王粲

登茲樓以四望兮
聊暇日以銷憂
覽斯宇之所處兮
實顯敞而寡仇
挾清漳之通浦兮
倚曲沮之長洲
背墳衍之廣陸兮
臨皋隰之沃流
北彌陶牧
西接昭丘
華實蔽野
黍稷盈疇
雖信美而非吾土兮
曾何足以少留
遭紛濁而遷逝兮
漫踰紀而迄今
情眷眷而懷歸兮
孰憂思之可任
憑軒檻而遙望兮
向北風而開襟
平原遠而極目兮
蔽荊山之高岑
路逶迤而修迥兮
川既漾而濟深

結典籍而為罟兮

歐儒墨而為禽

恭風夜而不貳兮

固終始之所服

默無為以凝志兮

與仁義乎逍遙

願得遠度以自娛

上下無常窮六區

松喬高跱既能雖

結情遠游使心攜

玩陰陽之變化兮

詠雅頌之徽音

夕惕若厲以省愆兮

懼余身之未敕

不出戶而知天下兮

何必歷遠以劬勞

超踰騰躍絶世俗兮

飄風神舉逞所欲

迴志揭來從玄謀

獲我所求夫何思

嘉曾氏之歸耕兮

慕歷阪之欽崟

苟中情之端直兮

莫吾知而不惡

天長地久歲不留

侯河之清祇懷憂

天不可階仙夫稀

柏舟悁悁吾不飛

鹹洰膚庶市以回衆兮
爛湯廃麗貌以逃燈
願濫口其無涯兮
乃今窺乎夫外
覩卷口而屡顧兮
馬伺輪而徘徊
雲霏口兮繞余輪
風胸口兮震余旗
修初服之姿口兮
長余佩之參口

凌煞雷之硫磺兮
美往電之淫商
據開陽而顧眄兮
臨道煇之闇讄
雖遊邀以愉樂兮
豈愁慕之可懷
繽連翩兮紛暗曖
鯈眩眠兮反常閒
文章煥以錦爛兮
美紛紜以從風光明服

踰濛鴻於宕宮兮
貫倒景而高厲
悲離居而勞心兮
情怊口而思睩
出閶闔兮降天途
乘欻忽兮馳虛無
收疇昔之遠豫兮
卷淫放之珍駕
御六藝以珍駕兮
遊道德之平林

咛帝閽使闢關兮　聆廣樂之九奏兮　考治亂於律筠兮

覩天皇于琁宫　展洩洩以肜兮　意逮逮始而思終

維般逸之無斁兮　素女撫絃而餘音兮　既防溢而稠翔兮

悵樂往而哀來　太容吟曰念哉　迺我暇而翱翔

出紫宫之庯庯兮　命王良掌樂駟兮　建囚車之轇兮

集大微之閎兮　踰高閣之将兮　獵青林之芒兮

彎威弧之拔刺兮　觀璧壘晕於北落兮　乘天潢之汎兮

射嶓冢之封狼　伐河敦之礌磯　浮雲漠之湯兮

佇招搖攝提以低回劇流兮　倔蹇天矯娜以連春兮

察一紀之緯之綢繆循且　雜登棻最頴颯以方驤

雲師䨙以交集兮
東雨沛其濡途
振余袂以就車兮
儵鍬楬而低昂
氛旄溶以天旋兮
蜿虹蜺以飛蹮
左青璊之捷孽兮
右矮蛾而司征
曳雲旗之離離兮
鳴玉鸞之啾啾

轙玼輿而樹葩兮
撲應龍以服輅
冠嵩丘其映蓋兮
佩綝纚其輝煌
撫軒軏而還睨兮
心灼爍其若湯
前長離使拂羽兮
後委水衡乎玄冥
陟清霄而升遐兮
浮蔑蠓而上征

百神森其備從兮
屯騎羅而星布
僕夫儼其正策兮
八乘驕而超驤
羨上都之㮚戲兮
何迷故而不忘
屬箕伯以函風兮
澄澒滃而為清
紛翼翼以徐侯兮
欻回回其揚靈

雙枝悲於不納兮

亞詠詩而清歌　暋

如何淑明

忽我實多

伏靈龜以負坻兮

亘螭龍之飛梁

押巫咸以占夢兮

迺占吉之元符

安和靜而臨時兮

姑純懿之所廬

天地煙熅　鳴鶴交頸　虚子懷春

百卉含葩　雎鳩相和　精魂回移

將答賦而不暇兮　瞻崑崙之巍巳兮

發輕駕而亟行　臨滎河之洋巳

登閬風之層城兮　屑瓊藥以為粮兮

構不死而為牀　料白水以為漿

滋令德於正中兮　既垂頴而顧本兮

含嘉秀以為敷　亦要思乎故居

戒庶寮以夙貪兮　豐隆軒其震霆兮

僉供職而來迓　列缺曄其照夜

迅飈瀁其騰我兮 疾送

駕翩飄而不禁

追荒忽於地底兮

崎無形而上浮

瞰瑶豁之赤岸兮

弔祖江之見劉 人名

载太華之玉女兮

召洛浦之宓妃 閟

雜朱唇而微笑兮 則見

顏的皪以遺光

越裕嚙之洞穴兮

漂通淵之砯砅

出石蜜之闇野兮

不識蹊之所由

聘王母於銀臺兮

羞玉芝以療飢

咸姣麗以盤媚兮

增姱眼而蛾眉

揚娸眼而蛾眉

獻環瑰與琛縞兮

雖邑豔以微笑兮

申厥好以玄黃

經重陰平寂寞兮 地下

慂墳羊之潛滾

速燭龍令執炬兮 土精

過鍾山而中休

戴勝慫其既歡兮

又詰余之行遲

舒耾婧之纖腰兮

揚雑錯之裶徽

雖邑豔之殊羨兮

志浩蕩而不嘉

魏顆亮以從治兮
思元回以媺秦
有無言而不酬兮
又何往而不復
偓區中之隘陋兮
將北度而宣遊
玄武縮于殻中兮
騰蛇蜿而自料
怨高陽之相寓兮
何顛頂而窀幽

咎繇邁而種德兮
樹德茂乎映六
虖遠迹以飛聲兮
孰請時之可□
行積氷之嚷哈兮
清泉涸而不流
魚矜鱗而並凌兮
鳥登末而矢條
庸織路於四裔兮
斯與彼其何寥

桑末寄夫根生兮
卉既凋而已蕘
仰矯首以遙望兮
覲憼惘而無儔
寒風凄而承芙兮
拂穹窗之騷口
坐太陰之屏室兮
覧含霜而增愁
坐寒門之絶垠兮
縱余襟乎不周

尉尾眉而郎潛兮　董弱冠而司家兮　夫吉凶之相仍兮
遠三葉而遭武　　設王隧而弗處　　恒反側而靡所
穆屆天以悅牛兮　文斷祛而忌伯兮　通人闇於好惡兮
豈亂叔而幽主　　闇誣賊而寧后　　豈貪惑而能割
巍摛讖而戒胡兮　或鞏賄而違車兮　慎靈顙以言天兮
備諸外而發內　　孕行產而為對　　占水火而忘諯
梁曳患夫黎丘兮　觀所睎而弗議兮　毋綵梁以淨己兮
丁厥子而制刃　　刜幽真之可信　　思百憂以自疹
彼天監之孔明兮　湯鰥體以禱祈兮　景三應以營國兮
用萉悅而佑仁　　榮厖虒以拯民　　榮感次於他辰

思九土之殊風兮
從虔收而遂徂
亂氣水之湋湲兮
逗華陰之湍渚
偉關雎之戒女
惆河林之蒼巳兮
神逵睞而難親兮
噴克誤而從諸
死生錯而不齊兮
雖司命其不嗣

狀神化而蟬蛻兮
朋精粹而為徒
號馮夷俾清津兮
權龍舟以容裔
黃靈詹而詰命兮
咨天道其必如
牛哀病而成虎兮
雖逢昆其必噬
寬號行於代路兮
後膺祿而繁廡

雄白門而東馳兮
云怡行乎中野
會帝軒之未歸兮
悵尚佯而延佇
日近信而遠疑兮
六衢鑰而不書
令登而尸巳兮
取蜀雝而引世
王肆修於漢延兮
卒樹慍而絶踰

嘉桂臣之執玉兮

疾防風之食言

流目順夫衝阿兮

睹有黎之圯壤

春日中于昆吾兮

烈炎火之所網

顧臒舷而無友兮

余安能乎留敬

踽踽達木於順都兮

堋若華而跨路

指長洲以邪徑兮

峙重華乎南鄰

痛火正之無悔兮

託山坡以孤兒

水汜沄而涌

物芑爆而絆天兮

顧金天而歎息兮

吾欲往乎西燼

超軒東乎西海兮

跨洼氏之龍魚

哀二妃之未從兮

明繽屍彼湘瀆

閱此圖之于藏兮

曾羞爰以娯余

前祝融使舉麾兮

蠵朱烏而永旐

遊應外而瞥天兮，據窫窳而哀鳴。

占既吉而无悔兮，簡元辰而俶裝。

翔鳥舉而魚躍兮，將往老乎入荒。

登蓬萊而容與兮，蕘雜䄃而不傾。

喻青岑之玉醴兮，餐沆瀣以爲粻。

腸賜競於貪婪兮，我修源以益榮。

朝余沐於清源兮，晞余髮於朝陽。

過少原之靡迆兮，問三丘于句芒。

留瀛洲而採芝兮，聊且棲乎長生。

發昔夢於木禾兮，敦昆侖之高岡。

子有故而倍原兮，歸母以復養。

漱飛泉之滻溪兮，咀石菌之流英。

何道累而淳粹兮，去穢累而淳粹兮。

馮澄雲而遊遨兮，夕余宿乎扶桑。

朝吾行於暘谷兮，從伯禹於稽山。

昭綵藻鎮雕琭兮
璚醛遥而彌長
兾一年之三秀兮
逍白露之爲霜
恐漸丹而無成兮
昭則敬而不彰
歷衆山以周流兮
貫迅風以揚舉
酌自强而不息兮
蹈玉墀之皢峰

淹樓遲以恣欲兮
曜靈忽其西藏
時曖曖而代序兮
寧可與乎比伉
心猶豫而狐疑兮
卽岐趾而躊躇
二女感於崇岳兮
或氷析而不營
惧衆民之長短兮
鎮東崑以覬覦

恃己知而華予兮
鵙鳴喝而不芳
谷㭉嫮之難與兮
想依韓以流亡
文君爲我端箸兮
利肥遯以保名
天蓋高而爲漢兮
誰云路之不平
遇九皋之介鳥兮
怨衆意之不遑

賣本氏之多辯兮

畏立辟以危身

願竭力以守義兮

雖貪窮而不改

俗曼洿而萆化兮

泯規矩之圓方

行頗僻而獲志兮

循法度而離殃

欲巧笑以干媚兮

非余心之所嘗

曾憤惋以迷惑兮

離慇懃而與言

執雕虎而試象兮

怗焦源而跟止

珍蘭芷本重葡兮

謂惠茝之不香

惟天地之無窮兮

何達遇之無常

龍溫恭之敷衣兮

披禮義之繩裳

私湛憂而深懷兮

思蹇產而不理

慼斯羔而周旋兮

要眇死而後已

伍西施而不得兮

縶婡襄以服箱

木柳榛而荀容

曾臨河而無航

辯貞亮以自誓兮

雜佞巧以為珂

伊中情之信脩兮　　誅余身而順止兮　　志博□以應懸兮
慕古人之貞節　　　遵繩墨而不跌　　　誠心固其如結

明性行以製珮兮　　楯幽蘭之秋華兮　　蕘蕘積以酷烈兮
佩夜光與瓊枝　　　又綴之以江離　　　尤鬱邑而難懷

既婧義而鮮雙兮　　蒼余菜而莫見兮　　幽獨守此□陋兮
非是時之攸珍　　　播余香而莫聞　　　敢怠遑而舍勤

幸二八之遷慶兮　　前前昆之遺風兮　　何孤行之綦□兮
嘉傳說之生殷　　　恫後辰而無及　　　矛不群而介立

感懷襄之特標兮　　彼無合其何傷兮　　旦獲讟于群弟子
悲淑人之希合　　　惠衆偽之豐豊　　　啟金縢而後信

朝貞觀而夕化兮

猶讜已而遺形

復心弘道兮

惟聖賢兮

吞莫痛兮

庫元運物

流不處兮

皓爾太素

昌渝色兮

若龥彭而偕老兮　亂曰　天造草昧

訴來哲而通情　　立性命兮

保身遺名

民之表兮

焦於

尚越其幾

渝神域兮

舍生取義

亦道用兮

## 思玄賦

張衡

仰先哲之玄訓兮

雖彌高以弗違

匪仁里其焉宅兮

既姜述其吾追

潛服膺以永靚兮

綿日月而不衰

62

守孔約而不貳兮

乃輔德而無累

紀於船而衛上兮

皓願志而不傾

覬天綱之絃覆兮

崇業忱而相訓

素文信而底磷兮

漢賞作于興代

非糟誠其善信

苟無家其執信

三仁殊而一致兮　　木偃息而番魏兮

夷惠殊而齊声　　　申重繭而存荊

侯草木之區別兮　　要沒世而不朽兮

苟能家其必榮　　　乃先民之所程

謨先聖之大猷兮　　孔忘味於千載

亦鄰德而助信　　　虞韶美而儀鳳兮

精通靈而感物兮　　養流睇而豫號兮

神動氣而入微　　　李虎發而石開

操未技猶必朕兮　　登孔昊而上下兮

矧耽躬於道真　　　緯羣龍之所經

鳳翼化乎宣宮兮　道修長而世短兮　胥仍物而鬼諓兮

弣五辟而成災　貞寔黙而不周　乃窮宙而達幽

媧巢姜於擄蚳兮　宣曹興敗於下蒙兮　姚聆呎而劾石兮

旦簑紀于契龜　魯衛名謠於銘謌　許相理而謝條

術同原而分流　神先心以宅命兮　翰流遷其不素兮

道混成而自肰兮　命隨行以消息　故遭罹而嬴繡

三樂同于一軌兮　洞參差其紛錯兮　周賈盪而貢憤兮

雖移易而不感　斯衆兆之所惑　齊死生與禍福

抗爽言以矯情兮　所貴聖人之至論兮　物有欲而不居兮

信畏襪而忌膰　順天性而斷誼　亦有惡而不避

單治裡而外彫兮
張脩襮而內逼
安湼匸而不龐兮
卒隕身乎世禍
形氣發於根柢兮
柯葉彙而當民
羸取威於百儀兮
姜本支乎三趾
我女烈而歿孝兮
伯祖歸於龍虎
晋文 則見

韋中和為瘴撲兮
顏與冉又不得
遊聖門而靡救兮
雖覆醢其何補
恐旭庬之責景兮
羌未得其云巳
既仁得其信然
仰天路而同軌
發遲師以成命兮
重醉行而自親

溺招路以從巳兮
謂孔氏猶未可
固行匸其必凶兮
免益亂為頼道
黎淳耀于高辛兮
悴強大於南氾
東鄰虐而藏仁兮
汪合位乎三五
震鱗聚于夏庭兮
匦三正而滅姬

曰乘鷁而逿神兮　迴邅迴而不迷

既訊禸以吉象兮　又申之以炯戒

惟天地之無窮兮　鮮生民之晦在

昔帝叔之御昆兮　昆爲冠而衰兮

雍遵怨而先賞兮　丁齮患而被獄

篤鄰己於楚末兮　謀南風以感人

盡孟晉以逞晨兮　辰倏忽其不再

紛屯澶以彙迅兮　何菱多而知家

筒鄂承谷荒兮　儵什啓而咸已

果取弔于逳吉兮　王眉慶於所感

乃二華之所祗兮　承靈訓其虛徐兮　仔盤恒而且侯

上星迂而復拔兮　宣靈聚之所辭

鸞化故而相譲兮　斁云司其俗娘

加迴穴其若玆兮　北嬰卹卹其倚伏

系高瑰之玄胄兮　颯凱風而蟬蛻兮　漢皇十紀而湯斨兮
氏中葉之炳靈　磝朔野以殿羣　有羽儀於上京
亘滔天而泯夏兮　終保己而貽則兮　慈前烈之純淑兮
考遵陷以行謠歔歟　工仕主所廬　窘與達其必濟
谷延蒙之脈口兮　豈養身之足殉兮　靖潛虛而承忠兮
將坦絕而罔隮　達世養人可懷　經日月而彌遠
瞼偵人之氣揜兮　君車已興冠委兮　夢登山而迴盼兮
庶斯言之不玷　精誠發於宵寐　觀幽人之彷徉
擅夢召而授余兮　昒昕寢而仲思兮　黃神邈其廬實兮
羌中容曰勿隆　心聰口猶未承　信所達其廬實以藤封

舒息悒而增欷兮
蹝履起而彷徨
搏芬若以為枕兮
席荃蘭而茝香
起視月之精光
晨鷄鳴而傷余兮
夜漫漫其若歲兮
懷鬱鬱其不可再更

揄長袂以自翳兮
數昔日之諐殃
忽寢寐而夢想兮
魄若君之在旁
惕寤覺而無見兮
魂廷廷若有亡
觀眾星之行列兮
畢昴出於東方
望中庭之藹藹兮
若季秋之降霜
澹偃蹇寒而待曙兮
荒亭亭而復明

無面目之可顯兮
遂頹思而就床
妾人竊自悲傷兮
究年歲而不敢忘

**幽通賦**　　　班固

刻木蘭以爲欀兮
飾文杏以爲梁
時彷彿以物類兮
象積石之將□
張羅綺之幔帷兮
垂楚組之連綱
月黃昏而望絶兮
悵獨托於空堂
案流徵以却轉兮
聲幼妙而復揚

羅丰茸之游樹兮
離樓梧而相撐
五色炫以相曜兮
燦爛燁而成光
撫柱楣以從容兮
覽曲臺之央央
懸明月以自照兮
徂清夜於洞房
貫歷覽其中操兮
意慷慨而自卬

施瑰木之欂櫨兮
委參差以槺梁
緻錯石之瓴甓兮
象瑇瑁之文章
白鶴嗷以哀號兮
孤雌跱於枯楊
援雅琴以變調兮
奏愁思之不可長
左右悲而垂淚兮
涕流離而從橫

奉虛言而望誠兮，期城南之離宮。

修薄具而自設兮，君曾不肯乎幸臨。

廓獨潛而專精兮，天飄飄而疾風。

登蘭臺而遙望兮，神悅𢤱而外淫。

浮雲鬱而四塞兮，天窈窈而晝陰。

雷隱隱而響起兮，聲象君之車音。

飄風廻而赴闈兮，舉帷幄之襜襜。

桂樹文而相紛兮，芳酷烈之誾誾。

孔雀集而相存兮，玄猨嘯而長吟。

翡翠鷁而來蕓兮，鸞鳳飛而北南。

心憑噎而不舒兮，邪氣壯而攻中。

下蘭臺而周覽兮，步從容於深宮。

正殿塊以造天兮，鬱並起而穹崇。

間徙倚於東廂兮，觀夫靡靡而無窮。

摌玉戶以撼金鋪兮，聲噌吰而似鐘音。

上至列缺兮
降望大壑
超飛為以至清兮
與泰初而為鄰

長門賦　陳后

夫何一佳人兮
步逍遙以自虞
心憑移而不省故兮
交得意而相親

下峥嶸而無地兮
上寥廓而無天
視儵忽而無見兮
聽惝怳而無聞

魂踰佚而不返兮
形枯槁而獨居
伊余志之慢愚兮
懷貞慤之歡心

司馬相如　帝

言我朝往而暮來兮
飲食樂而忘人兮
願賜問而自進兮
得尚君之玉音

思舊故以想像兮　長太息而掩涕
氾容與而遐舉兮　聊抑志而自弭
指炎神而直馳兮　吾將往乎南疑
覽方外之荒忽兮　沛罔象而自浮
祝融戒而還衡兮　騰告鸞鳥迎宓妃
張樂咸池奏承雲兮　二女御九韶歌
使湘靈鼓瑟兮　令海若舞馮夷
玄螭蟲象並出進兮　形蟉虯而逶迤
雌蜺便娟以增撓兮　鸞鳥軒翥而翔飛
音樂博衍無終極兮　焉乃逝以徘徊
舒并節以馳騖兮　逴絕垠乎寒門
軼迅風於清源兮　從顓頊乎增冰
歷玄冥以邪徑兮　乘間維以反顧
召黔嬴而見之兮　為余先乎平路
經營四荒兮　周流六漠

擥余轡而正策兮
吾將過乎鈎芒

風伯為余先驅兮
辟氣侯而清涼

歙叛陸離其上下兮
遊驚霧之流波

路曼曼其修遠兮

徐弭節而高厲

內欣欣而自美兮

聊媮娛以自樂

歷太皓以右轉兮
前飛廉以啟路
陽杲杲其未光兮
凌天地以徑度

鳳凰翼其承旂兮
遇蓐收乎西皇
擥彗星以為旍兮
舉斗柄以為麾

皆眕眂其曜兮
召玄武而奔屬
後文昌使掌行兮
選署眾神以並轂

左雨師使徑侍兮
右雷公以為衛
欲遠度世以忘歸兮
意恣睢以担撟

渺青雲以汎濫游兮
僕夫懷余心悲兮

忽臨睨夫舊鄉
邊馬顧而不行

吸飛泉之微液兮
懷琬琰之華英
嘉南州之炎德兮
麗桂樹之冬榮
命天閽其開關兮
排閶闔而望予
朝發軔於太儀兮
夕始臨乎於微閭
建雄虹之采旄兮
五色雜而炫耀

玉色頩以脫顏兮
精醇粹而始壯
山蕭條而無獸兮
野寂寞其無人
召豐隆使先道兮
問太微之所居
屯余車之萬乘兮
紛溶與而並馳騖
服偃蹇以低昂兮
驂連蜷以驕驁

質銷鑠以汋約兮
神要眇以淫放
載營魄而登霞兮
掩浮雲而上征
集重陽入帝宮兮
造旬始而觀清都
駕八龍之蜿蜿兮
載雲旗之逶蛇
騎膠葛以雜亂兮
斑漫衍而方行

高陽邈以遠兮　余將焉所程

重曰

春秋忽其不淹兮　奚久留此故居

軒轅不可攀援兮　吾將從王喬而娛戲

餐六氣而飲沆瀣兮　漱正陽而含朝霞

保神明之清澄兮　精氣入而麤穢除

順凱風以從遊兮　至南巢而壹息

見王子而宿之兮　審壹氣之和德

曰道可受兮不可傳

其小無內兮其大無垠

毋滑而魂兮彼將自然

壹氣孔神兮　於中夜存

虛以待之兮　無為之先

庶類以成兮　此德之門

聞至貴而遂徂兮　忽乎吾將行

仍羽人於丹丘兮　留不死之舊鄉

朝濯髮於湯谷兮　夕晞余身兮九陽

内惟省以端操兮
求正氣之所由
漠虛靜以恬愉兮
澹無為而自得
聞赤松之清塵兮
願承風乎遺則
貴真人之休德兮
美往世之登仙
與化去而不見兮
名聲著而日延
奇傅說之託辰星兮
羨韓眾之得一
形穆穆以浸遠兮
離人羣而遁逸
因氣變而遂曾舉兮
忽神奔而鬼怪
時髣髴以遙見兮
精皎皎以往來
絶氛埃而淑尤兮（養氣先祖 仙曆）
終不返其故都
免衆患而不懼兮
世莫知其所如
恐天時之代序兮
耀靈曄而西征
微霜降而下淪兮
悼芳草之先零
聊仿佯而逍遙兮
永歷年而無成
誰可與玩斯遺芳兮
長嚮風而舒情

心結紜而不解兮
思蹇產而不釋 悲回風

遠遊 屈原

悲時俗之迫阨兮
願輕舉而遠遊
質菲薄而無因兮
焉託乘而上浮
遭沈濁而汙穢兮
獨鬱結其誰語

夜炯炯而不寐兮
魂營營而至曙
惟天地之無窮兮
哀人生之長勤
往者余弗及兮
來者吾不聞

步徙倚而遙思兮
怊惝怳而永懷
意荒忽而流蕩兮
心愁悽而增悲
神儵忽而不返兮
形枯槁而獨留

馮崐崘以瞰霧露兮

隱岷山以清江

軋洋□之無從兮

馳逶迆之焉止

觀炎氣之相仍兮

窺煙液之所積

求介子之所存兮

見伯夷之放迹

浮江淮而入海兮

從子胥而自適

憚涌湍之礚□兮　聽波聲之洶□

紛容□之無經兮　罔芒□之無紀

漂翻□其上下兮　氾濫□其前後兮

翼遙□其左右翰君　伴張弛之信期

悲霜雪之俱下兮　惜光景以往來兮　施黃棘之枉策

聽潮水之相擊　　施黃棘之枉策

心調度而弗去兮　悼來者之逖□　日吾佳昔之所冀兮

刻著志之無適□二　悼來者之逖□

望大河之洲渚兮　驟諫君而不聽兮

悲申徒之抗迹　任重石之何益

孤子唫而抆淚兮
放子出而不還
孰能思而不隱兮 <sub>最</sub>
昭彭咸之所聞
登石巒以遠望兮
路眇口之黙口

入景響之無應兮
聞省想而不可得
愁鬱口之無快兮
居戚口而不解
心戃慌而不開兮
氣繚轉而自綸

穉耴口之無垠兮 <sub>天地</sub>
菶菶口之無儀
聲有隱而相感兮
物有純而不可爲
顙蕙齒之不可量兮
標綿口之不可紆

愁悄口之常悲兮
翩寃口之不可娛
凌大波而流風兮
託彭咸之所居
上高巖之峭岝兮
處雷蜿之標顚

據靑冥而摅虹兮
遂儵忽而捫天
吸湛露之浮涼兮
漱凝霜之雰口
依風穴以自息兮
忽傾寤以嬋媛

二三

介眇志之所惑兮
竊賦詩之所明
惟佳人之獨懷兮
折芳椒以自處
增歔欷之嗟唈兮
獨隱伏而思慮

涕江交而凄唈兮
思不眠以至曙
終長夜之曼曼兮
掩此哀而不去
寤從容以周流兮
聊逍遙以自恃

傷太息之愍憐兮
氣於邑而不可止
糺思心以爲纕兮
編愁苦以爲膺
折若木以蔽光兮
隨飄風之所仍

存髣髴而不見兮
心踴躍其若湯
撫珮袵以案志兮
超惘惘而遂行
歲曶曶其若頹兮
時亦冉冉而將至

薠蘅槁而節離兮
芳以歇而不比
憐思心之不可懲兮
證此言之不可聊
寧溘死而流亡兮
不忍此心之常愁

閑心自愼
終不過失兮
秉德無私　參天地兮
願歲幷謝
淑離不淫
可師長兮
年歲雖少
與長友兮
梗其有理兮

行比伯夷
置以爲像兮　橘頌

物有微而隕性兮
聲有隱而先倡
悲回風之搖蕙兮
心冤結而內傷
夫何彭咸之造思兮
賢志介而不忘
萬變其情豈可蓋兮
孰虛僞之可長
鳥獸鳴以號羣兮
草苴比而不芳
魚葺鱗以自別兮
蛟龍隱其文章
故荼薺不同畝兮
蘭芷幽而獨芳
惟佳人之永都兮
更統世而自貺
眇遠志之所及兮
懷浮雲之相羊

乘騏驥而馳騁兮

無轡銜而自載

乘汜泭以下流兮

無舟檝而自備

背法度而心治兮

辟與此其無異

恐禍殃之有再

寧溘死而流亡兮

不畢辭而赴淵兮　惜往日

惜壅君之不識

后皇嘉樹　上天下

橘徠服兮

受命不遷

生南國兮

深固難徙

更壹志兮

綠葉素榮

紛其可喜兮

曾枝剡棘

圓果摶兮

青黃雜糅

文章爛兮

精色內白

類任道兮

紛縕宜脩

姱而不醜兮

嗟爾幼志

有以異兮

獨立不遷

豈不可喜兮

深固難徙

廓其無求兮

蘇世獨立

橫而不流兮

42

不逢湯武與桓繆兮
世孰云而知之
封介山而為之禁兮
報大德之優游
弗省察而按實兮
聽讒人之虛辭
諒不聰明而蔽壅兮
使讒諛而日得
雖有西施之美容兮
讒妒入以自代

吳信讒而弗味兮
子胥死而後憂
愚夫故親身兮
因縞素而哭之
芳與澤其雜糅兮
執申朝而別之
自前世之嫉賢兮
謂蕙若其不可珮
願陳情以自行兮
得罪過之不意

介子忠而立枯兮
文君寤而追求
或忠信而被譖
或訑謾而不疑
何芳草之早殀兮
微霜降而下戒
妒佳冶之芬芳兮
嫫母姣而自好
情冤見之日明兮
如列宿之錯置

秘密事之載心兮
雖過失猶弗治
藏晦君之聰明兮
虛惑誤又以欺
何貞臣之無罪兮
被離謗而見尤
卒沒身而絕名兮
惜壅君之不昭
獨鄣壅而蔽隱兮
使貞臣而無由

心純麗而不泄兮
遭讒人而嫉之
弗參驗以考實兮
遠遷臣而弗思
慚光景之誠信兮
身幽隱而備之
茌無度而弗察兮
使芳草為薮幽
聞百里之為虜兮
伊尹烹於庖廚

君含怒而待臣兮
不清澈其然否
信讒諛之溷濁兮
盛氣志而過之
臨沅湘之玄淵兮
遂自忍而沈流
焉舒情而抽信兮
恬死亡而不聊
呂望屠於朝歌兮
甯戚歌而飯牛

吾且儃佪以娛憂兮，觀南人之變態。

竊快中心兮，揚厥憑而不俟。

芳與澤其雜糅兮，羌芳華自中出。

紛郁□其遠承兮，滿內而外揚。

情與質信可保兮，羌居蔽而聞章。

令薜荔為理兮，憚舉趾而緣木。

因芙蓉而爲媒兮，憚蹇裳而濡足。

登高吾不說兮，入下吾不能。

固朕形之不服兮，然容與而狐疑。

廣遂前畫兮，未改此度也。

命則處幽吾將罷兮，願反白日之未暮也。

獨煢煢而南行兮，思彭咸之故也。　思美人

惜往日之曾信兮，受命詔以昭時。

奉先功以照下兮，明法度之嫌疑。

國富強而法立兮，屬貞臣而日娭。

高辛之靈盛兮　遭玄鳥而致詒
欲變節以從俗兮　媿易初而屈志
獨歷年而離愍兮　羌憑心猶未化
寧隱閔而壽考兮　何變易之可爲
知前轍之不遂兮　未改此度
車既覆而馬顛兮　蹇獨懷此異路
勒騏驥而更駕兮　造父爲我操之
遷逡次而勿驅兮　聊假日以須時
指嶓冢之西隈兮　與纁黃以爲期
開春發歲兮　白日出之悠悠
吾將蕩志而愉樂兮　遵江夏以娛憂
擥大薄之芳茝兮　搴長洲之宿莽
惜吾不及古人兮　吾誰與玩此芳草
解萹薄與雜菜兮　備以爲交佩
佩繽紛以繚轉兮　遂萎絕而離異

世既莫吾知

人心不可謂兮　　懷情抱質兮　　伯樂既沒兮　人生有命兮

定心廣志　　　　曾傷袤衰　　　驥將弩程兮　各有所錯兮

余何畏懼兮　　　永歎喟兮　　　世溷不吾知　心不可謂兮

明以告君子兮　懷沙　　　　　　獨無匹兮　　知死不可讓兮

吾將以爲纇兮　　　　　　　　　　　　　　　願勿愛兮

思美人兮　　　　媒絕路阻兮

覽涕而竚眙　　　言不可結而詒　　寒心之頃寬兮

申朝以舒中情兮　願寄言於浮雲兮　淹滯而不發

志沈菀而莫達　　遇豐隆而不將　　因歸鳥而致辭兮

　　　　　　　　　　　　　　　　羌迅高而難當

37

任衆載盛兮　陷帶而不濟
懷瑾握瑜兮　窮不得所示
邑犬群吠兮　吠所怪也
非俊疑傑兮　固庸態也
文質疏內兮　衆不知余之異采
材樸委積兮　莫知余之所有
重仁襲義兮　謹厚以爲豐
重華不可遌兮　孰知余之從容
古固有不並兮　豈知其故也
湯禹久遠兮　邈不可慕也
循道改忿兮　抑心而自強
雜慜而不遷兮　願志之有像
進路北次兮　日昧〇其將暮
舒憂娛哀兮　限之以大故
亂曰
浩〇沅湘兮　分流汩兮
脩路幽蔽兮　道遠忽兮
曾唫恒悲兮　永歎慨兮

道思作頌

聊自救兮

憂心不遂　斯言誰告兮　抽思

陶〻孟夏兮

草木莽〻

傷懷永哀兮

汨徂南土

眴兮杳〻

孔靜幽默

樹結紆軫兮

離愍而長鞠

撫情效志兮

俛屈以自抑

刌方以為圜兮

常度未替

易初本迪兮

君子所鄙

章畫志墨兮

前圖未改

內厚質正兮

大人所盛

巧倕不斲兮

孰察其撥正

玄文處幽兮

曚瞍謂之不章

離婁微睇兮

瞽以為無明

變白以為黑兮

倒上以為下

鳳皇在笯兮

鷄鶩翔舞

同糅玉石兮

一槩而相量

夫惟黨人鄙固兮

羌不知余之所臧

既惸獨而不群兮
又無良媒在其側
望孟夏之短夜兮
何晦明之若歲
願徑逝而不得兮（愍不得）
魂識路之營營
道卓遠而日忘兮
願自申而不得
惟郢路之遼遠兮
魂一夕而九逝
何靈魂之信直兮
人之心不與吾心同
望北山而流涕兮
臨流水而太息
曾不知路之曲直兮
南指月與列星
理弱而媒不通兮
尚不知余之從容
長瀨湍流
泝江潭兮
狂顧南行
聊以娛心兮
軫石崴嵬
蹇吾願兮
超回志度
行隱進兮
低佪夷猶
宿北姑兮
煩冤瞀容
實沛徂兮
愁歎苦神
靈遙思兮
路遠處幽
又無行媒兮

與余言而不信兮，蓋為余而造怨。
願承閒而自察兮，心震悼而不敢。
悲夷猶而冀進兮，心怛傷之憺□。
茲歷情以陳辭兮，蓀詳聾而不聞。
固切人之不媚兮，來果以我為患。
初吾所陳之耿著兮，豈不至今其庸亡。
何毒藥之謇吾兮，願蓀美之可完。
望三五以為像兮，指彭咸以為儀。
夫何極而不至兮，故遠聞而難虧。
善不由外來兮，名不可以虛作。
孰無施而有報兮，孰不寳而有穫。
少歌曰：
與美人抽思兮，并日夜而無正。
憍吾以其美好兮，救朕辭而不聽。
倡曰：
有鳥自南兮，來集漢北。
好姱佳麗兮，牉獨處此暴域。

衆讒人之嫉妒兮　　憎慍惀之修美兮　　衆蹀蹀而日進兮

被以不慈之偽名　　好夫人之忼慨　　　美超遠而逾邁

曼余目以流觀兮　　烏飛返故鄉兮　　　信非吾罪而棄逐兮

冀壹反之何時　　　狐死必首丘　　　　何日夜而忘之

心嬋媛之憂思兮　　思蹇產之不釋兮　　悲夫秋風之動容兮

獨永歎乎增傷　　　曼遭夜之方長　　　何回極之浮浮

救惟猱之多怒兮　　願搖起而橫奔兮　　結微情以陳詞兮

傷余心之懮戚　　　覽民尤以自鎮　　　矯以遺夫美人

皆君與我誠言兮　　羌中道而回畔兮　　憍吾以其美好兮

曰黃昏以為期　　　反既有此他志　　　覽余以其修姱

將運舟而下浮兮

上洞庭而下江

去終古之所居兮

今逍遙而來東

羌靈魂之欲歸兮

何須臾而忘反

背夏浦而西思兮

哀故都之日遠

登大墳以遠望兮

聊以舒吾憂心

哀州土之平樂兮

悲江介之遺風

當陵陽之焉至兮

淼南渡之焉如

曾不知夏之爲丘兮

孰兩東門之可蕪

心不怡之長久兮

憂與愁其相接

惟郢路之遼遠兮

江與夏之不可涉

忽若去不信兮

至今九年而不復

慘鬱鬱而不開兮

寒侘傺而含慼

外承歡之汋約兮

諶荏弱而難持

忠湛湛而願進兮

妬被離而鄣之

堯舜之抗行兮

瞭杳杳而薄天

腥臊並御
芳不得薄兮
陰陽易位
時不當兮
懷信侘傺
忽乎吾將行兮浙江

皇天之不純命兮
何百姓之震愆
民離散而相失兮
仲春而東遷
去故鄉而就遠兮
遵江夏以流亡
出國門而軫懷兮
甲之朝吾以行
發郢都而去閭兮
怊荒忽之焉極
楫齊揚以容與兮
哀見君而不再得
望長楸而太息兮
涕淫淫其若霰
過夏首而西浮兮
顧龍門而不見
心嬋媛而傷懷兮
眇不知其所蹠
順風波以從流兮
焉洋洋而爲客
凌陽侯之氾濫兮
忽翱翔之焉薄
心絓結而不解兮
思蹇產而不釋

朝發枉陼兮
夕宿辰陽

苟余心之端直兮
雖僻遠之何傷

入溆浦余儃佪兮
迷不知吾之所如

深林杳以冥冥兮
乃猨狖之所居

山峻高以蔽日兮
下幽晦以多雨

霰雪紛其無垠兮
雲霏霏而承宇

哀吾生之無樂兮
幽獨處乎山中

吾不能變心而從俗兮
固將愁苦而終窮

接輿髠首兮
桑扈臝行

忠不必用兮
賢不必以

伍子逢殃兮
比干菹醢

與前世而皆然兮
吾又何怨乎今之人

余將董道而不豫兮
固將重昏而終身

亂曰

鸞鳥鳳皇
日以遠兮

燕雀烏鵲
巢堂壇兮

露申辛夷
死林薄兮

恐情質之不信兮
故重著以自明
矯茲媚以私處兮
願曾思而遠身　惜誦

余幼好此奇服兮
年既老而不衰
帶長鋏之陸離兮
冠切雲之崔嵬
被明月兮珮寶璐
世溷濁而莫余知兮
吾方高馳而不顧
駕青虬兮驂白螭
吾與重華遊兮瑤之圃
登崑崙兮食玉英
與天地兮同壽
與日月兮同光
哀南夷之莫吾知兮
朝余濟乎江湘
乘鄂渚而反顧兮
欸秋冬之緒風
步余馬兮山皋
邸余車兮方林
乘舲船余上沅兮
齊吳榜以擊汰
船容與而不進兮
淹回水而凝滯

欲釋階而登天兮
猶有兾之能也
晉申生之孝子兮
父信讒而不好
九折臂而成醫兮
吾今而知其然
欲徦個以干傺兮
恐重患而離尤
背膺牉以交痛兮
心鬱結而紆軫

衆駭遽以離心兮
又何以為此伴也
同極而異路兮
又何以為此援也
行婞直而不豫兮
絴功用而不就
吾聞作忠以造怨兮
忽謂之過言
信矰弋機而在上兮
尉羅張而在下
設張辟以娛君兮
愿側身而無所
欲高飛而遠集兮
君罔謂汝何之
欲橫奔而失路兮
堅志而不忍
橋木蘭以矯蕙兮
播江離與滋菊兮
愿春日以為糗芳
繫申椒以為糧

二十三

思君其莫我忠兮　忽忘身之賤貧

事君而不貳兮　迷不知寵之門

忠何罪以遇罰兮　亦非余之所志

行不羣以巔越兮　又衆兆之所咍

紛逢尤以離謗兮　謇不可釋

情沉抑而不達兮　又蔽而莫之白

心鬱邑余侘傺兮　又莫察余之中情

固煩言不可結而詒兮　顧陳志而無路

退靜默而莫余知兮　進就呼又莫吾聞

申侘傺之煩惑兮　中悶瞀之忳忳

昔余夢登天兮　魂中道而無杭

吾使厲神占之兮　曰有志極而無旁

終危獨以離異兮　曰君可思而不可恃

故衆口其鑠金兮　初若是而逢殆

懲於羹者而吹齏兮　何不變此志也

26

九章

惜誦以致愍兮
發憤以抒情
俾山川以備御兮
命咎繇使聽直
言與行其可迹兮
情與貌其不變
卑情著而無他兮
又衆兆之所讎

所作忠而言之兮
指蒼天以為正
竭忠誠以事君兮
反離羣而贅肬
故相臣莫若君兮
所以證之而不遠
意忠而不諓兮
羌不可保

屈原

令五帝以折中兮
戒六神與嚮服
忘儇媚以背衆兮
待明君其知之
吾誼先君而後身兮
羌衆人之所仇
疾親君而無他兮
有招禍之道

25

怨公子兮悵忘歸
君思我兮不得閒
山中人兮芳杜若
飮石泉兮蔭松柏
君思我兮然疑作
雷填填兮雨冥冥
猨啾啾兮又夜鳴
風颯颯兮木蕭蕭
思公子兮徒離憂　山鬼

操吳戈兮被犀甲
車錯轂兮短兵接
旌蔽日兮敵若雲
矢交墜兮士爭先
凌余陣兮躐余行
左驂殪兮右刃傷
霾兩輪兮縶四馬
援玉枹兮擊鳴鼓
天時墜兮威靈怒
嚴殺盡兮棄原野
出不入兮往不反
平原忽兮路超遠
帶長劍兮挾秦弓
首身離兮心不懲
誠既勇兮又以武
終剛強兮不可凌
身既死兮神以靈
魂魄毅兮爲鬼雄

河伯

日將暮兮悵忘歸　惟極浦兮寤懷
魚鱗屋兮龍堂　紫貝闕兮朱宮〔河伯〕
靈何為兮水中　乘白龍兮逐文魚〔河伯〕
與女遊兮河之渚　流澌紛兮將來下
子交手兮東行〔河伯〕　送美人兮南浦
波滔滔兮來迎〔河伯〕　魚鱗□兮媵予

若有人兮山之阿　被薜荔兮帶女蘿
既含睇兮又宜笑　子慕予兮善窈窕
乘赤豹兮從文狸　辛夷車兮結桂旗
被石蘭兮帶杜衡　折芳馨兮遺所思
余處幽篁兮終不見天　路險難兮獨後來
表獨立兮山之上　雲容容兮而在下
杳冥冥兮羌晝晦　東風飄兮神靈雨
留靈脩兮憺忘歸〔倪玉〕　歲既晏兮孰華予
采三秀兮於山間　石磊磊兮葛蔓蔓

暾將出兮東方，照吾檻兮扶桑。
撫余馬兮安驅，夜皎皎兮既明。
駕龍輈兮乘雷，載雲旗兮委蛇。
長太息兮將上，心低佪兮顧懷。
羌聲色兮娛人，觀者憺兮忘歸。
緪瑟兮交鼓，簫鐘兮瑤簴。
鳴篪兮吹竽，思靈保兮賢姱。
翾飛兮翠曾，展詩兮會舞。
應律兮合節，靈之來兮蔽日。
青雲衣兮白霓裳，舉長矢兮射天狼。
操余弧兮反淪降，援北斗兮酌桂漿。
撰余轡兮高馳翔，杳冥冥兮以東行。
與女遊兮九河，衝風起兮水橫波。
乘水車兮荷蓋，駕兩龍兮驂螭。
登崑崙兮四望，心飛揚兮浩蕩。

秋蘭兮麋蕪　綠葉兮素枝

羅生兮堂下　芳菲菲兮襲予

　　　　　　夫人兮自有美子

　　　　　　蓀何以兮愁苦

秋蘭兮青青　滿堂兮美人

綠葉兮紫莖　忽獨與余兮目成

　　　　　　入不言兮出不辭

　　　　　　乘回風兮載雲旗

悲莫悲兮生別離　荷衣兮蕙帶

樂莫樂兮新相知　儵而來兮忽而逝

　　　　　　　　夕宿兮帝郊

　　　　　　　　君誰須兮雲之際

與女遊兮九河　與女沐兮咸池

衝風至兮水揚波　晞女髮兮陽之阿

　　　　　　　　望美人兮未來

　　　　　　　　臨風怳兮浩歌

孔蓋兮翠旍　竦長劍兮擁幼艾

登九天兮撫彗星　蓀獨宜兮為民正

少司命

廣開兮天門

紛吾乘兮玄雲

令飄風兮先驅

使凍雨兮灑塵

君回翔兮以下

踰空桑兮從女

紛總總兮九州

何壽夭兮在予

高飛兮安翔

乘清氣兮御陰陽

吾與君兮齋速

導帝之兮九阬

靈衣兮被被

玉佩兮陸離

壹陰兮壹陽

眾莫知兮余所為

折疏麻兮瑤華

將以遺兮離居

老冉冉兮既極

不寖近兮愈疏

乘龍兮轔轔

高馳兮沖天

結桂枝兮延佇

羌愈思兮愁人

愁人兮奈何

願若今兮無虧

固人命兮有當

孰離合兮可為

大司命

麋何食兮庭中
蛟何為兮水裔
朝馳余馬兮江皋
夕濟兮西澨
聞佳人兮召予
將騰駕兮偕逝
築室兮水中
葺之兮荷蓋
蓀壁兮紫壇
播芳椒兮成堂
桂棟兮蘭橑
辛夷楣兮藥房
罔薜荔兮為帷
擗蕙櫋兮既張
白玉兮為鎮
疏石蘭兮為芳
芷葺兮荷屋
繚之兮杜衡
合百草兮實庭
建芳馨兮廡門
九嶷繽兮並迎
靈之來兮如雲
捐余袂兮江中
遺余褋兮澧浦
搴汀洲兮杜若
將以遺兮遠者
時不可兮驟得
聊逍遙兮容與

湘夫人

石瀨兮淺淺
飛龍兮翩翩
交不忠兮怨長
期不信兮告余以不閒
朝騁騖兮江皋
夕弭節兮北渚
鳥次兮屋上
水周兮堂下
捐余玦兮江中
遺余佩兮澧浦
采芳洲兮杜若
將以遺兮下女
昔不可兮再得
聊逍遙兮容與

湘夫人

帝子降兮北渚
目眇眇兮愁予
嫋嫋兮秋風
洞庭波兮木葉下
登白薠兮騁望
與佳期兮夕張
鳥何萃兮蘋中
罾何為兮木上
沅有茝兮澧有蘭
思公子兮未敢言
慌惚兮遠望
觀流水兮潺湲

思夫君兮太息
極勞心兮忉怛　雲中君
君不行兮夷猶
蹇誰留兮中洲
望夫君兮未來
吹參差兮誰思
望涔陽兮極浦
橫大江兮揚靈
桂櫂兮蘭枻
斷冰兮積雪

好良
美要眇兮宜脩
沛吾乘兮桂舟
駕飛龍兮北征
邅吾道兮洞庭
揚靈兮未極
女嬋媛兮為余太息
采薜荔兮水中
搴芙蓉兮木末

令沅湘兮無波
使江水兮安流
薜荔柏兮蕙綢
蓀橈兮蘭旌
橫流涕兮潺湲
隱思君兮陫側
心不同兮媒勞
恩不甚兮輕絕

吉日兮辰良〔太一〕
穆將愉兮上皇
蕙肴蒸兮蘭藉
奠桂酒兮椒漿
靈偃蹇兮姣服
芳菲菲兮滿堂
浴蘭湯兮沐芳
華采衣兮若英
采衣兮〔若英〕
龍駕兮帝服
聊翱遊兮周章

撫長劍兮玉珥
璆鏘鳴兮琳琅
揚枹兮拊鼓
五音紛兮繁會
君欣欣兮樂康〔東皇太一〕
靈連蜷兮既留
爛昭昭兮未央
蹇將憺兮壽宮
與日月兮齊光
靈皇皇兮既降
猋遠舉兮雲中

瑤席兮玉瑱
盍將把兮瓊芳
疏緩節兮安歌
陳竽瑟兮浩倡
慶將幡兮壽宮
覽冀州兮有餘
橫四海兮焉窮

16

路脩遠以多艱兮　騰衆車使徑待

路不周以左轉兮　指西海以為期

屯余車其千乘兮　齊玉軑而並馳

駕八龍之蜿蜿兮　載雲旗之委蛇

抑志而弭節兮　神高馳之邈邈

奏九歌而舞韶兮　聊假日以媮樂

陟陞皇之赫戲兮　忽臨睨夫舊鄉

僕夫悲余馬懷兮　蜷局顧而不行

亂曰

已矣哉國無人莫我知兮　又何懷乎故都

既莫足與為美政兮　吾將從彭咸之所居

九歌

屈原

15

覽椒蘭其若茲兮
又況揭車與江離
和調度以自娛兮
聊浮游而求女
折瓊枝以為羞兮
精瓊爢以為粻
邅吾道夫崑崙兮
路修遠以周流
鳳皇翼其承旂兮
高翱翔之翼翼

惟茲佩之可貴兮
委厥美而歷茲
及余飾之方壯兮
周流觀乎上下
為余駕飛龍兮
雜瑤象以為車
揚雲霓之晻藹兮
鳴玉鸞之啾啾
忽吾行此流沙兮
遵赤水而容與

芳菲菲而難虧兮
芬至今猶未沬
靈氛既告余以吉占兮
歷吉日乎吾將行
何離心之可同兮
吾將遠逝以自疏
朝發軔於天津兮
夕余至乎西極
麾蛟龍以梁津兮
詔西皇使涉余

呂望之鼓刀兮
遭周文而得舉
寧戚之謳歌兮
齊桓聞以該輔
及年歲之未晏兮
時亦猶其未央

恐鵜鴂之先鳴兮
使夫百草為之不芳
何瓊佩之偃蹇兮
眾薆然而蔽之
惟此黨人之不諒兮
恐嫉妒而折之

時繽紛其變易兮
又何可以淹留
蘭芷變而不芳兮
荃蕙化而為茅
何昔日之芳草兮
今直為此蕭艾也

豈其有他故兮
莫好修之害也
余以蘭為可恃兮
羌無實而容長
委厥美以從俗兮
苟得列乎眾芳

椒專佞以慢慆兮
樧又欲充夫佩幃
既干進而務入兮
又何芳之能祗
固時俗之從流兮
又孰能無變化

曰勉遠逝而無狐疑兮
孰求美而釋女
何所獨無芳草兮
爾何懷乎故宇
世幽昧以眩曜兮
孰云察余之善惡
民好惡其不同兮
惟此黨人其獨異
戶服艾以盈要兮
謂幽蘭其不可佩
覽察草木其猶未得兮
豈珵美之能當
蘇糞壤以充幃兮
謂申椒其不芳
欲從靈氛之吉占兮
心猶豫而狐疑
巫咸將夕降兮
懷椒糈而要之
百神翳其備降兮
九疑繽其並迎
皇剡剡其揚靈兮
告余以吉故
曰勉陞降以上下兮
求榘矱之所同
湯禹儼而求合兮
摯咎繇而能調
苟中情其好修兮
又何必用夫行媒
說操築於傅巖兮
武丁用而不疑

覽相觀於四極兮，周流乎天余乃下。
望瑤臺之偃蹇兮，見有娀之佚女。
吾令鴆為媒兮，鴆告余以不好。

雄鳩之鳴逝兮，余猶惡其佻巧。
心猶豫而狐疑兮，欲自適而不可。
鳳皇既受詒兮，恐高辛之先我。

欲遠集而無所止兮，聊浮遊以逍遙。
及少康之未家兮，留有虞之二姚。
理弱而媒拙兮，恐導言之不固。

世溷濁而嫉賢兮，好蔽善而稱惡。
閨中既邃遠兮，哲王又不寤。
懷朕情而不發兮，余焉能忍與此終古。

索瓊茅以筳篿兮，命靈氛為余占之。
曰兩美其必合兮，孰信修而慕之。
思九州之博大兮，豈惟是其有女。

飄風屯其相離兮
帥雲霓而來御
時曖曖其將罷兮
結幽蘭而延佇
忽反顧以流涕兮
哀高丘之無女
吾令豐隆乘雲兮
求宓妃之所在
夕歸次於窮石兮
朝濯髮於洧盤

紛總總其離合兮
斑陸離其上下
吾令帝閽開關兮
倚閶闔而望予

世溷濁而不分兮
好蔽美而嫉妒
朝吾將濟於白水兮
登閬風而緤馬

溘吾遊此春宮兮
及榮華之未落兮
折瓊枝以繼佩
相下女之可詒

解佩纕以結言兮
吾令蹇修以為理
紛總總其離合兮
忽緯繣其難遷

保厥美以驕傲兮
雖信美而無禮兮
日康娛以淫遊
來違棄而改求

余身而危死兮
覽余初其猶未悔
攬茹蕙以掩涕兮
霑余襟之浪浪
朝發軔於蒼梧兮
夕余至乎縣圃
路曼□其修遠兮
吾將上下而求索
前望舒使先驅兮
後飛廉使奔屬

不量鑿而正枘兮
固前修以菹醢
跪敷衽以陳辭兮
耿吾既得此中正
欲少留此靈瑣兮
日忽□其將暮
飲余馬於咸池兮
總余轡乎扶桑
鸞皇為余先戒兮
雷師告余以未具

曾歔歙余鬱邑兮
哀朕時之不當
駟玉虯以乘鷖兮
溘埃風余上征
望崦嵫而勿迫
吾令羲和弭節兮
折若木以拂日兮
聊逍遙以相羊
吾令鳳鳥飛騰兮
繼之以日夜

濟沅湘以南征兮
就重華而陳詞
啓九辯與九歌兮
夏康娛以自縱
不顧難以圖後兮
五子用失乎家衖
羿淫遊以佚田兮
又好射夫封狐
固亂流其鮮終兮
浞又貪夫厥家
澆身被服強圉兮
縱欲殺而不忍
日康娛以自忘兮
厥首用夫顛隕
夏桀之常違兮
乃遂焉而逢殃
后辛之菹醢兮
殷宗用之不長
湯禹儼以祗敬兮
周論道以莫差
舉賢才而授能兮
修繩墨而不頗
皇天無私阿兮
覽民德焉錯輔
夫維聖哲以茂行兮
苟得用此下土
瞻前而顧後兮
相觀民之計極
夫孰非義而可用兮
孰非善而可服

製芰荷以爲衣兮　不吾知其亦已兮　高余冠之岌岌兮

集芙蓉以爲裳　苟余情其信芳　長余佩之陸離

芳與澤其雜糅兮　忽反顧以遊目兮　佩繽紛其繁飾兮

唯昭質其猶未虧　將往觀乎四荒　芳菲菲其彌章

民生各有所樂兮　雖體解吾猶未變兮　女嬃之嬋媛兮

余獨好修以爲常　非余心之可懲　申申其詈予

曰鯀婞直以亡身兮　汝何博謇而好修兮　薋菉葹以盈室兮

終然殀乎羽之野　紛獨有此姱節　判獨離而不服

眾不可戶說兮　世並舉而好朋兮　依前聖以節中兮

孰云察余之中情　夫何煢獨而不余聽　喟憑心而歷茲

亦余心之所善兮　雖九死其猶未悔

怨靈脩之浩蕩兮　終不察夫民心

衆女嫉余之蛾眉兮　謠諑〔讒〕謂余以善淫

固時俗之工巧兮　偭規矩而改錯

背繩墨以追曲兮　競周容以爲度

忳鬱邑余侘傺兮〔失志〕　吾獨窮困乎此時也

寧溘死而流亡兮　余不忍爲此態也

鷙鳥之不羣兮　自前世而固然

何方圜之能周兮　夫孰異道而相安

屈心而抑志兮　忍尤而攘詬

伏清白以死直兮　固前聖之所厚

悔相道之不察兮　延佇乎吾將反

回朕車以復路兮　及行迷之未遠

步余馬於蘭皋兮　馳椒丘且焉止息

進不入以離尤兮　退將復修吾初服

冀枝葉之峻茂兮
願竢時乎吾將刈
雖萎絕其亦何傷兮
哀眾芳之蕪穢
眾皆競進以貪婪兮
憑不猒乎求索
羌內恕己以量人兮
各興心而嫉妒
忽馳騖以追逐兮
非余心之所急
老冉冉其將至兮
恐脩名之不立
朝飲木蘭之墜露兮
夕餐秋菊之落英
苟余情其信姱以練要兮
長顑頷亦何傷
擥木根以結茝兮
貫薜荔之落蕊
矯菌桂以紉蕙兮
索胡繩之纚纚
謇吾法夫前脩兮
非世俗之所服
雖不周於今之人兮
願依彭咸之遺則
長太息以掩涕兮
哀民生之多艱
余雖好脩姱以鞿羈兮
謇朝誶而夕替
既替余以蕙纕兮
又申之以攬茝

昔三后之純粹兮
固衆芳之所在
雜申椒與菌桂兮
豈維紉夫蕙茝
彼堯舜之耿介兮
既遵道而得路
何桀紂之昌披兮
夫唯捷徑以窘步
惟黨人之偷樂兮
路幽昧以險隘
豈余身之憚殃兮
恐皇輿之敗績
忽奔走以先後兮
及前王之踵武
荃不察余之中情兮
反信讒而齌怒
余固知謇謇之為患兮
忍而不能舍也
指九天以為正兮
夫唯靈修之故也
曰黃昏以為期兮
羌中道而改路
初既與余成言兮
後悔遁而有他
余既不難夫離別兮
傷靈修之數化
余既滋蘭之九畹兮
又樹蕙之百畝
畦留夷與揭車兮
雜杜衡與芳芷

離騷經

屈原

帝高陽之苗裔兮

朕皇考曰伯庸

攝提貞于孟陬兮

惟庚寅吾以降

皇覽揆余于初度兮

肇錫余以嘉名

名余曰正則兮

字余曰靈均

紛吾既有此內美兮

又重之以修能

扈江離與辟芷兮

紉秋蘭以為佩

汨余若將不及兮

恐年歲之不吾與

朝搴阰之木蘭兮

夕攬中洲之宿莽

日月忽其不淹兮

春與秋其代序

惟草木之零落兮

恐美人之遲暮

不撫壯而棄穢兮

何不改乎此度

乘騏驥以馳騁兮

來吾道夫先路

3

1

不足以爲此書之輕重且復自謂嘗爲史官
古文國書職當掄益不惟其學而論其官固
已可笑況其所謂筆削者又徒能移易其篇
次而於其文字之同異得失猶不能有所正
也浮華之習徇名飾外其弊乃至於此可不
戒哉

楚辭辯證下

23

楚辭辯體下

天問

隔隈之數注引淮南子言天有九野九千

九十九隔此其無稽亦甚矣兆

論衡云日晝行千里夜行千里如此則天地之

間狹亦甚矣此兄充之陋也

顧菟在腹此言兔在月中則顧菟但為兔之名

喘耳而上官桀曰逐麋之犬當顧菟邪則顧菟

當為瞻顧之義而非兔名又莊辛曰見菟而

顧犬亦因菟用顧字而其取義又異盖不可

雄與夋叮今闓人有謂雄為形者正古之遺聲

血

楚辭斠證 上

楚辭斠證上

楚辭辯證上

余既集王洪騷注顧其訓詁文義之外猶有

不可不知者然慮文字之太繁覽者或厭

而夫其更也別記于後以備參考慶元已未

三月戊辰
目録

洪氏目録九歌下注云一本此下皆有傳字豈

氏本則自九辯以下乃有之呂伯恭讀詩記

引鄭氏詩譜曰小雅十六篇大雅十八篇為

正經孔頴達曰凡書非正經者謂之傳未知

終日兮燕吾居　兩晏如佳寔惟宋疑有疑無冥

尊無對其大無餘兮有苦兮一方拘魂兮亭餘

反故居

楚辭後語卷之六

楚辭後語卷之一

成相第一

成相者楚蘭陵令荀卿子之所作也荀卿
趙人名況學於孔氏門人駢臂子弓者尤
遂於禮著書數萬言少遊學於齊歷威宣
至襄王時三為祭酒後以避讒適楚
春申君以為蘭陵令春申君死荀卿亦廢
遂家蘭陵而終焉此篇在漢志獮成相雜
辭凡三章雜陳古今治亂與亡之効託聲
詩以風時君蓋將以為工師之誦旅賁之

使知學之有本則文章有不足爲者

矣其餘徵文碎義又各附見於本篇此不暇悉

著云

楚辭後語目錄卷

己言之矣至於揚雄則未有議其罪者一而余獨
以為是其失節亦纂莽之籌耳然琰猶知愧而
自訟若雄則又訕前哲以自文宜又不得與琰
比矣今皆取之豈不以夫英之麥子無範道而
於雄則欲因反騷而著蘇氏洪氏之說詞以明
天下之大戒也陶翁之詞蕞氏以為中和之發
於此不類特以其為古賦之流而取之是也抑
以其負謂晉臣恥事二姓而言則其意亦不為
不悲矣序列於此又何幾焉至於終篇特箸張
夫子呂與叔之言盖又以告夫游藝之又此者

16

耳若其義則首篇所著旬鄉子之言指意深切
詞調鏗鏘若君人者誠能使人朝夕諷誦不離於
其側如衛武公之抑戒則所以入耳而著心者
豈但廣厦細旃明師勸誦之益而已哉此固余
之所為眷眷而不能忘者著高唐神女李姬洛
神之屬其詞若不可廢而皆棄不錄則以義裁
之而斷其為禮法之罪人也高唐辛章雖有思
萬方愛國害開聖賢輔不遠之云亦屢見之禮
佛倡家之讀禮耳豈何其不為嚴笑之資而可
諷一之有哉其息夫躬柳宗元之不善則晶氏

補之著凡五十二篇晁氏之為此書閭主莁醉
而亦不得不蕪於義今閭其蓋爲則其考於辭也
宜益精而擇於義也當益嚴矣此余之所以兢
兢而不得不致其謹也蓋屈子者窮而呼天疾
痛而呼父母之詞也故今所欲取而使繙之者
必其出於幽憂窮慼怨慕淒涼之意乃為得其
本義而宏衍鉅麗之觀懽愉快適之語宜不得
奮蘇而宏衍鉅麗之觀懽愉快適之語宜不得
而與焉至論其等則又必以無心而冥會者為
尊其或有是則雖遠且賤猶將汲而進之一者
尊於猍似則雖迫真如揚柳亦不得已而巳之

14

卷五招海賣

閔生賦　　徵咎賦

弔屈原　　夢歸賦

弔樂毅　　弔萇弘

曾王孫　　乞巧文

卷六幽懷

寄蔡氏女　書山石

毀璧　　　服胡麻賦

鞠歌　　　秋風三疊

擬招

楚辭後語目錄以晁氏所集錄續變二書刊

13

12

11

楚辭卷之八

虎豹鬬兮熊羆咆　禽獸駭兮亡其曹

王孫兮歸來　桑山中兮不可以久留

攀援桂枝

聊淹留

楚辭卷之一

離騷經第一　　　　朱子集註

山陽楊上林校刊

離騷經者屈原之所作也屈原名平與楚
同姓仕於懷王為三閭大夫三閭之職掌
王族三姓曰昭屈景 <sub>戰國策楚府照襲姓華云照襲楚令和姓華云至漢皆徙屬</sub>
屈原序其譜屬率其賢良以厲國士入
則與王圖議政事決定嫌疑出則監察群
下應對諸侯謀行職備王甚珍之同列上
官大夫及用事臣靳尚妬害其能共譖毀

9

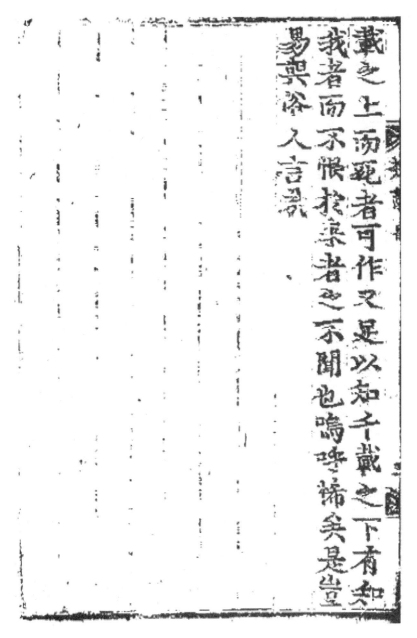

載之上而範者可作又是以知千載之下有如
我者而不恨於柰者之不聞也嗚呼希矣是豈
易與俗人言哉

8

世洪興祖補注並行於世其於訓詁名物之間
則已詳
問多可議者而洪皆不能有所是正至其大義
則又皆未嘗窺涯涘復嗟歎咏歌以尋其文詞
指意之所出而遽欲取喻立說旁引曲證以強
附於其事之已然是以或以迂滯而遠於性情
或以迫切而害於義理使原之所為壹鬱而不
得申於當年者又晦昧而不見白於後世予於
是益有感焉疾病呻吟之暇聊據舊編粗加櫽栝
櫽定為集註八卷庶幾讀者得以見古人於千

隳之志逸以故尊儒莊士歲善稱之然使

世之故臣屏子怨妻去婦扷泆謳唫下而所

天者幸而聽之則於彼此之間天世民奠之善

豈不足以文宣所義而謂夫三綱五典之重此

子之所以無窮味於其言而不敢直以詞入之

賦覩之也然自原著此詞至漢未以而說耆已

失其趣如太史公蓋未能免而望安班固賈達

少書世復不傳及隋唐間為訓解者尚五六家

又有僧道韆者能為楚聲之讀今亦漫不復存

無以考其說之得失而獨東京王逸章句興近

6

以上續離騷凡八題十六篇今定爲三

卷

右楚辭集註八卷今所校定其幾録如上盖自
屈原賦騷而南國宗之名章繼作通謂楚辭
大抵皆祖原意而離騷深遠矣篤當論之原之
爲人其志行雖或過於中庸而不可以爲法然
皆出於忠君愛國之誠心原之爲善其辭旨雖
或流於跌宕怪神怨懟激發而不可以爲訓然
皆生於繾綣惻怛不能自已之至意雖其不知
學於此方以求周公仲尼之道而獨馳騁於變

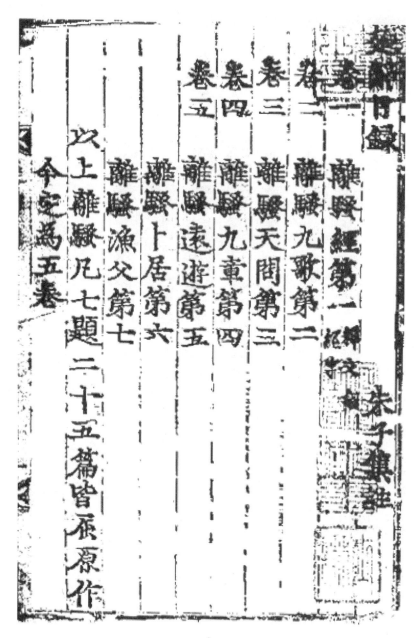

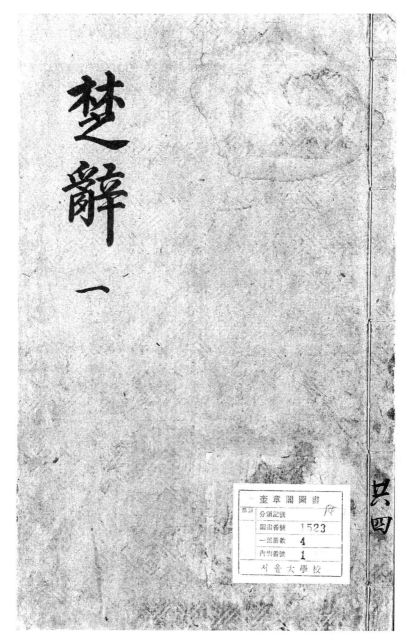

楚辭目録　朱子集註

今定為五卷

4

以上續離騷凡八題十六篇今定為三

卷

右楚辭集註八卷今所校定其第錄如上盖自

屈原賦離騷而南國宗之名章繼作通楚辭

大抵皆祖原意而離騷深遠矣竊嘗論之原之

為人其志行雖或過於中庸而不可以為法然

皆出於忠君愛國之誠心原之為書其辭旨雖

或流於跌宕怪神怨懟激發而不可以為訓然

皆生於繾綣惻怛不能自已之至意雖其不知

學於北方以求周公仲尼之道而獨馳騁於變

5

風變雅之末流以故醇儒莊士或羞稱之然使
世之放臣屏子怨妻去婦技淚謳吟於下而所
天者幸而聽之則於彼此之間天性民彝之善
豈不足以交有所發而增夫三綱五典之重此
予之所以每有味於其言而不敢直以詞人之
賦視之也然自原著此詞至漢未久而說者已
失其趣如太史公蓋未能免而劉安班固賈達
之書世復不傳及隋唐間為訓解者尚五六家
又有僧道鶱者能為楚聲之讀今亦漫不復存
無以考其說之得失而獨東京王逸章句與近

世洪興祖補注並行於世其於訓詁名物之間
則已詳矣顧王書之所取舍與其題彌離合之
間多可議者而洪皆不能有所是正至其大義
則又皆未嘗沈潛反復嗟歎咏歌以尋其文詞
指意之所出而遽欲取喻立說旁引曲證以強
附於其事之已然是以或以迂滯而遠於性情
或以迫切而害於義理使原之所為壹欝而不
得申於當年者又晦昧而不見白於後世予於
是益有感焉疾病呻吟之暇聊據舊編粗加櫽
括定為集註八卷庶幾讀者得以見古人於千

載之上而死者可作又足以知千載之下有知
我者而不恨於來者之不聞也嗚呼怖矣是豈
易與俗人言哉

楚辭卷之一

離騷經第一

朱子集註

山陽楊上林校刊

離騷經者屈原之所作也屈原名平與楚
同姓仕於懷王為三閭大夫三閭之職掌
王族三姓曰昭屈景〔戰國策楚有昭屈景元和姓纂云楚武王子瑕食采於屈因氏焉平亞其後又云景差至漢智徙關中〕
屈原序其譜屬率其賢良以厲國士入
則與王圖議政事決定嫌疑出則監察羣
下應對諸侯謀行職脩王甚珍之同列上
官太夫及用事臣靳尚妒害其能共譖毀

9

楚辭卷之

十四

懍
皮烏朗反 軋烏點反 叶烏沒
反佛音佛 一音美筆
反筆反恫音通 慌上聲 詾叶
叶無日反 又音
胡沒反 一音了 一作吷音
血 一音胡沒反 恫痛也 慌忽
也 又有虎豹穴於其間 林薄
也 亦也 又 鬼綽也 岡失志貌
之音懍穴
一音留栗 一作懍穴
軋音相切栗摩

嶔岑碕礒兮 硍磈砎樹輪相糾兮林木茷
硍音碕礒音 砎樹一作碕
嶔岑音吟 碕礒音蟻

青莎雜樹兮 蘋草靃靡 白鹿麏麚兮或騰或
靃靡音 鹿麏麚音
一作嶔岑音吟

倚狀貌 鑑鑋兮羲羲凄凄兮 澊澊獮猴兮熊羆
鑑鑋音碕 一作碕琦
一作鑑鑋音蟻

慕類兮以悲
嶔碕
一作碕孲反 又宇從罪反
硯音鼉本瓦字 從困又口罪反 相糾一作糾

狀一無林 同兮音委蘋一作蘋靃音髓 一作
拔音一同兮音委蘋一作蘋靃音髓 一作
紗硯於鼉反

音蠢 一作蠢音居筥反 一作蠢兮一作而澀跙綺反
音蟻 又居筥反

改○嶔岑碕巇硱嶒碨碅輪橫枝也茇
木枝葉盤紆貌軋戟屈曲也莎草根名香附
子靈靡弱貌麔麔也霞磈戟頭角高貌袠
閏也羆如熊黃白文從此以上皆陳山林傾危
草木茂盛麋鹿所居虎兒所行不宜
育道德養情性欲使屈原還歸郢也

攀援桂枝

兮聊淹留虎豹鬭兮熊羆咆禽獸駭兮亡其曹
援一作折一
援一作字咆蒲○

王孫兮歸来山中兮不可以久留
交反叶蒲侯反叶
再言其援桂枝兮淹留者明原未有歸
得而招也故文言山中之不可居者而於終篇
卒致其意若曰非山中之不可留但不可久耳不敢遽

必其来
之詞也

楚辭卷八

十五

11

13

補定著凡五十二篇龜氏之爲此書固主於辟

而亦不得不兼於義今因其舊則其考於辟也

宜益精而擇於義也當益嚴矣此余之所以兢

兢而不得不致其謹也蓋屈子者窮而呼天疾

痛而呼父母之詞也故今既欲取而使繼之者

必其出於幽憂窮蹙怨慕淒凉之意乃爲得其

餘韻而宏衍鉅麗之觀懽愉快適之語宜不得

而與焉至論其等則又必以無心而冥會者爲

貴其或有是則雖遠且賤猶將汲汲而進之一有

意於求似則雖迫眞如楊柳亦不得已而取之

耳若其義則首篇所著荀卿子之言指意深切
詞調鏗鏘君人者誠能使人朝夕諷誦不離於
其側如衛武公之抑戒則所以入耳而著心者
豈但廣廈細旃明師勸誦之益哉此固余
之所為眷眷而不能忘者若高唐神女李姬洛
神之屬其詞若不可廢而皆棄不錄則以義裁
之而斷其為禮法之罪人也高唐牽章雖有思
萬方憂國害開聖賢輔不逮之云亦屢見之禮
佛倡家之讀禮耳幾何其不為厭笑之資而何
諷一之有哉其息夫窮栁宗元之不棄則龜氏

巳言之矣至於揚雄則未有議其罪者而余獨
以為是其失節亦蔡琰之儔耳然琰猶知愧而
自訟若雄則反訕前哲以自文宜又不得與琰
比矣今皆取之宣不以夫琰之母子無絕道而
於雄則欲因反騷而著蘇氏洪氏之駁詞以明
天下之大戒也陶翁之詞畾氏以為中和之發
於此不類特以其為古賦之流而取之是也抑
以其自謂晉臣恥事二姓而言則其實亦不為
不悲矣序例於此又何頻焉至於終篇特著張
夫子呂與叔之言蓋又以告夫游藝之及此者

使知學之有本而反求之則文章有不足為者
矣其餘微文碎義又各附見於本篇此不暇悉
著云

楚辭後語目錄
終

楚辭後語目錄

楚辭後語卷之一

成相第一

成相者楚蘭陵令荀卿子之所作也荀卿

荀人名況學於孔氏門人馯臂子弓者尤

邃於禮著書數萬言少遊學於齊歷威宣

王襄王時三為稷下祭酒後以避讒適楚

春申君以為蘭陵令春申君死荀卿亦廢

遂家蘭陵而終焉此篇在漢志彌成相雜

辭凡三章雜陳古今治亂興亡之效託聲

詩以風時君蓋將以為工師之誦旅賁之

終日兮燕吾居而晏如惟寔惟寂耿有耿無其

尊無對其大無餘曷自苦兮一方拘魂兮来歸

反故居

楚辭後語卷之六

22

楚辭辯證上

余既集王洪騷注顧其訓詁文義之外猶有

不可不知者然應文字之太繁覽者或汨溺

而失其要也別記于後以備參考慶元已未

三月戊辰

目録

洪氏目錄九歌下注云一本此下皆有傳字晁

氏本則自九辯以下乃有之呂伯恭讀詩記

引鄭氏詩譜曰小雅十六篇大雅十八篇為

正經孔頴達曰凡書非正經者謂之傳未知

楚辭辯證上

23

聚其間有靈者名之曰魄也既生魄陽曰魂
者既生此魄便有暖氣其間有神者名之曰
魂也二者既合然後有物易所謂精氣為物
者是也及其散也則魂遊而為神魄降而為
兜矣說者乃不考此而但据左疏之言其以
神靈分陰陽者雖著有理但以噓吸之動者
為魄則失之矣其言附形之靈附氣之神似
亦近是但其下文昕分又不免於有差其謂
魄識少而魂識多亦非也但有運用畜藏之
異耳

楚辭辯證上　二十二

24

雄與凌叶今閩人有謂雄爲形者正古之遺聲
也

楚辭辯證

二十三

楚辭辯證上

楚辭辯證下

天問

隔隈之數洼引淮南子言天有九野九千九百
九十九隅此其無稽亦甚矣哉

論衡云日晝行千里夜行千里如此則天地之
間狹亦甚矣此王充之陋也

顧莬在腹此言莬在月中則顧莬但為莬之名
彌耳而上官桀曰逐麋之犬當顧莬邪則顧
當為瞻顧之義而非莬名又莊辛曰見莬而
顧犬亦因莬用顧字而其取義又異盖不可

不足以為此書之輕重且復自謂嘗為史官

古文國書職當損益不惟其學而論其官固

已可笑況其所謂筆削者又徒能移易其篇

次雨於其文字之同異得失猶不能有所正

也浮華之習徇名餙外其弊乃至於此可不

戒哉

楚辭辯證下

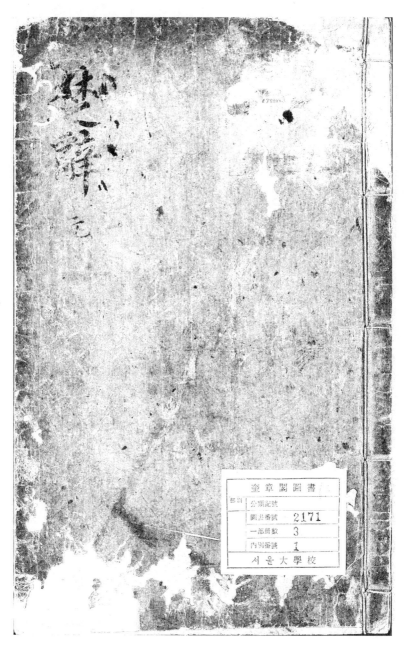

104316

楚辭集註目録

作今定爲五卷

卷六 續離騷九辯第八 宋玉○晁補之今本此篇以下乃有傳字

卷七 續離騷招魂第九

續離騷大招第十 景差

卷八 續離騷惜誓第十一 賈誼

續離騷弔屈原第十二

續離騷服賦第十三

續離騷哀時命第十四 莊忌

續離騷招隱士第十五

見後
語

以上續離騷凡八題十六篇今定為
三卷

右楚辭集註八卷今所校定其第錄如上蓋
自屈原賦離騷陽南國宗之名章繼作通號
楚辭大抵皆祖原意而離騷深遠矣竊嘗論
之原之為人其志行雖或過於中庸而不可
以為法然皆出於忠君愛國之誠心原之為

書其辭旨雖或流於跌宕怪神怨懟激憤而
不可以為訓然皆生於繾綣惻怛不能自已
之至意雖其不知學於比方以求周公仲尼
之道而獨馳騁於變風變雅之末流以故醇
儒莊士或羞稱之然使世之放臣屏子怨妻
去婦抆淚謳唫於下而所天者幸而聽之則
於彼此之間天性民彝之善豈不足以交有
所裴而增夫三綱五典之重此予之所以每
有味於其言而不敢直以詞人之賦視之也

然自原著此詞至漢未久而說者已失其趣
如太史公蓋未能免而劉安班固賈逵之書
世復不傳及隋唐間為訓解者尚五六家又有
僧道騫者能為楚聲之讀余亦漫不復存無
以考其說之得失而獨東京王逸章句與近
世洪興祖補注並行於世其於訓詁名物之
間則已詳矣顧王書之所取舍與其是騶離
合之間多可議者而洪皆不能有所是正至
其大義則又皆未嘗沉潛反復嗟歎咏歌以

尋其文詞措意之所出而邊欲取喻立説旁
引曲證以強附於其事之已然是以或以迂
滯而遠於性情或以迫切而害於義理使原
之所爲壹欝而不得申於當年者又晦昧而
不見白於後世予於是益有感焉疾病呻吟
之暇聊掇舊編粗加隱括定爲集註八卷庶幾
讀者得以見古人於千載之上而死者可作又
足以知千載之下有知我者而不恨於來者之
不聞也烏呼悕矣是豈易與俗儔人言哉

楚辭卷第一

離騷經第一　　　朱子集註

離騷經者屈原之所作也屈原名平與　離騷一

楚同姓仕於懷王為三閭大夫三閭之　戰國策楚有

職掌王族三姓曰昭屈景　昭奚恤元和

姓纂云楚武王子瑕食采於屈因氏焉
屈重屈蕩屈建屈平並其後又云景氏
有景差至漢
皆從闕中

屈原序其譜屬率其賢良

以厲國士入則與王圖議政事決定嫌

疑出則監察群下應對諸侯謀行職備

楚辭卷第八

攀援桂枝兮聊淹留虎豹鬥兮熊羆咆

禽獸駭兮亡其曹王孫兮歸來山中兮不可

以久留　援一作折但淺反歸字咆蒲交反叶蒲

遂歸郢也

居虎兒所行不宜有道德養情性欲使屈

從此以山皆陳山林蔽鼻末

可言後挂技駟淹留者明原來有歸水

再得而招也故又言山中之不奇居者而水

終篇卒致其意若曰非不可留但

不可久耳不獌遽必冀來之詞也

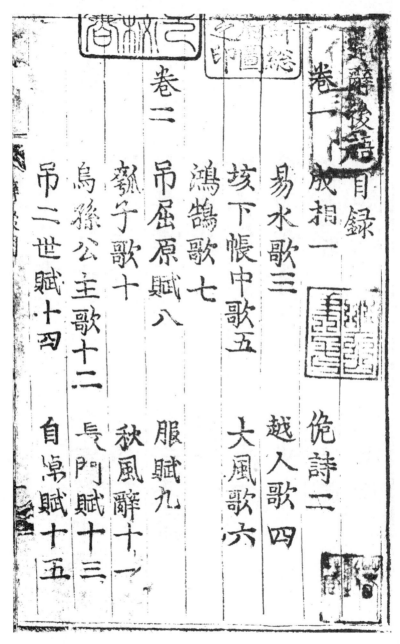

12

戞擊　　　秋風三疊

鞉歌　　　擬招

右楚辭後語目録以晁氏所集録續變二書
刋補定著凡五十二篇晁氏之爲此書固主
於辭而亦不得不兼於義今因其體則其考
於辭也宜益精而擇於義也當益嚴矣此余
之所以兢兢而不得不致其謹也蓋屈子者
窮而呼天疾痛而呼父母之詞也故今所欲
取而使繼之者必其出於幽憂窮蹙怨慕凄

涼之意乃爲得其餘韻而不衒鉅麗逞才觀懼
愉快適之語宜不得而與善軍輪其爭則又
必以無心而眞會者爲貴其或有是則雖遠
且職猶將汲而進者十有意於求似則雖迫
眞如揚抑亦不得已而取于耳若其義則首
篇所著荀卿子之言指意深切詞調鏗鏘君
入者誠能使人朝夕諷誦不離於其側如儒
武公之抑戒則所以入耳而著心者豈但廣
夏細紬明師勸誦之益而已哉此固余之所

為眷眷而不能忘者若高唐神女李姬洛神
之屬其詞若不可廢而皆棄不錄則以義裁
之而斷其為禮法之罪人也高唐卒章雖有
恩萬方憂國害開聖賢輔不逮之云亦屠兒
之禮佛倡家之讀禮耳幾何其不為獻笑之
資而何諷一之有哉其息夫躬柳宗元之不
棄則亂氏已言之矣至於揚雄則未有議其
罪者而余獨以為是其失節亦蔡琰之儔耳
然琰猶知愧而自訟若雄則反訕前哲以自

16

文宜又不得與琰比矣今皆取之豈不以夫
琰之措子無絶道而於雄則欲因反騷而著
蘇氏洪氏之聚詞以明天下之大戒也陶人
之詞黽氏以爲中和之發於此不類特以其
爲古賦之源而取之是也抑以其自謂晉臣
耻事二姓而言則其意亦不爲不悲矣序列
於此又何疑焉至於終篇特著張夫子呂與
叔之言藝又以告夫游藝之及此者使知學
之有本而反求之則文章有不足爲者矣其

17

餘微文碎義又各附見於本篇此不暇悉著
云

建安虞信亨宅重列
至治辛酉臘月印行

楚辭後語卷第一

成相第一

成相者楚蘭陵令荀卿子之所作也荀
卿趙人名況學於孔氏門人駢臂子弓
者尤邃於禮著書數萬言少遊學於齊
歷威宣至襄王時三為稷下祭酒後以
避讒適楚春申君以為蘭陵令春申君
死荀卿亦廢遂家蘭陵而終焉此篇在
漢志號成相雜辭凡三章雜陳古今治

以時舍沉濁下流兮甘土苴囿兮成形兮不
知化魂兮彘歸反故居盍歸休兮復吾初範
博摶以為宮兮戴明高以為廬植大中以為
常產兮蘊至和以為厨動震雷以鼓昕兮守
艮山以止隅東離明以為燭兮御巽風以行
車守吾坎以禦侮兮開吾兌以進趨資糧械
器惟所用兮何物之不儲四方上下惟所之
兮何適而非塗雖備物以致用兮廊吾府而
常虛縱奔鷙以終日兮燕吾居而晏如惟寅

惟寂疑有綴無其尊無對其大無餘昌自苦

兮一方拘魂兮來歸反故居

楚辭後語卷第六

辭後語 六

21

22

楚辭辯證上

余既集王洪騷注顧其訓詁文義之外獨

有不可不知者然慮文字之太繁覽者或

沒溺而失其要也別記于後以備參考慶

元己未三月戊辰

目錄

洪氏目錄九歌下注云一本此下皆有傳字

晁氏本則自九辯以下乃有之呂伯恭讀

詩記引鄭氏詩譜曰小雅十六篇大雅十

人陽神也魄八陰神也此數說者其於魂
魄之義詳矣蓋嘗推之物生始化云者謂
受形之初精血之聚其間有靈者名之曰
魄也既生魄陽曰魂者既生此魄便有暖
气其間有神者名之曰魂也二者既合然
後有物易所謂精气為物者是也及其散
也則魂遊而為神魄降而為鬼矣說者乃
不考此而但据左跞之言其以神靈分陰
陽者雖若有理但以噓吸之動者為魄則

矢之其言附形之靈附氣之神似亦近
是但其下文所分又不免於有羑其謂䰟
識少而魂識多亦非也但有運用畜藏之
異耳
雄與凌叶今閩人有謂雄為形者正古之遺
聲也

楚辭卷上

二十七

楚辭辯證上

楚辭辯證下

天問

隅限之數注引淮南子言天有九野九千九
百九十九隅此其無稽亦甚矣我

論衡云日晝行千里夜行千里如此則天地
之間狹亦甚矣此王充之陋也

顧菟在腹此言兔在月中則顧菟但為兔之
名號耳而上官桀曰逐麋之犬當顧菟耶
則顧當為瞻顧之義而非兔名又莊辛曰

辯卷下

柳

本朝王介父之山石建業黃魯直之
毀璧隕珠邢端夫之秋風三疊其古今大
小雅俗之變雖或不同而晁氏亦或不餘
無所遺脫然皆為近楚語者其次則如班
姬蔡琰王粲及唐元結王維顧況亦差有
味又此之外則晁氏所謂過騷之言者非
余之所敢知矣晁書新序多為義例辨說
紛挐而無所裁於義理殊不足以為此書
之輕重且復自謂嘗為史官古文國書職

28

楚辭辯證下

［楚辭辯證下

二十二

我

其所謂筆削者又徒能移易其篇次而於
其文字之同異得失猶不能有所正也浮
華之習徇名飾外其弊乃至於此可不戒
鄙益不惟其學而論其官固已可笑況

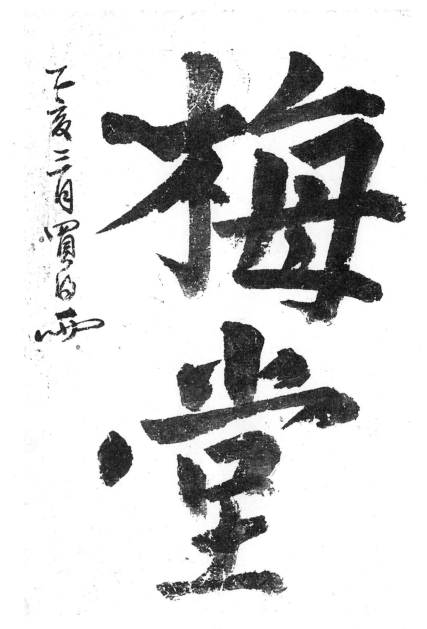

7

石即懷沙也其說爲近
末二句說已見哀郢

右悲回風

楚辭卷第四

極窮也馮翼氣氤㳽動之貌淮南子云天墜

未形馮翼翼又曰未有天地惟像無形窈

窈冥冥莫知其門此承上問時未有人今㺩之何

以能窮而知之乎○右二章四問今㺩之何

日開闢之初其事雖非不可知其理則具

心固可反求而默識非如傳記雜書謬妄之吾

說必誕者而後傳之所譏也

如柳子之所譏也　明明闇闇惟時何為陰陽

明闇即穀梁子口晝

**三合何本何化** 夜之分也時是也

○此問蓋曰明必有闇之者闇之後生者

獨陰不生獨陽不生天不生三合然後

何者為本何者為乎化乎今㺩之天地之化合

是何物之所為乎陰也陽也天也三者之化合

何者為本何者為乎化乎今㺩之天地之化合

寒一暑而皆陰陽之所為而非有為之者也然

陰陽而已一動一静一晦一朔一往一來者也然

5

多有之而舊注之說徒以多識異聞爲
功不復能知其所以問之本意與今日
所以對之明法至唐柳宗元始欲質以
義理爲之條然術學未聞道而誇以多
使人巧之猶有雜恨乎其間以是讀之常
亂不知所擇又愈甚焉今存其不可闕麗
者而悉以義理正之庶讀者之有補云

曰遂古之初誰傳道之上下未形何由考之

遂往也道猶言也上下謂天地也問往古之
初未有天地固未有人誰得見之而傳道其
事乎

冥昭瞢闇誰能極之馮翼惟像何以識之

瞢莫鄧反闇與暗同又作晻馮皮冰反口賓
幽也昭明也謂晝夜也瞢闇言晝夜未分也

4

楚辭卷第三

天問第三　　　　　　　　　　離騷

天問者屈原之所作也屈原放逐彷徨
山澤見楚有先王之廟及公卿祠堂圖
畫天地山川神靈琦瑋僪佹及古賢聖
怪物行事因書其壁何而問之以渫憤
懣楚人哀而惜之因其論述故其文義
不次序云爾 此篇所問雖或怪妄然其
理之可推事之可鑒者尚

3

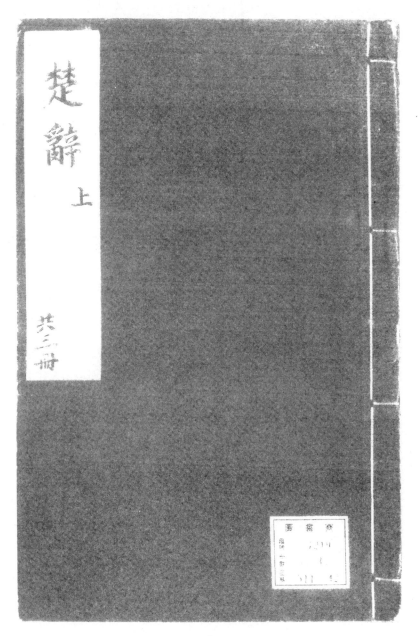

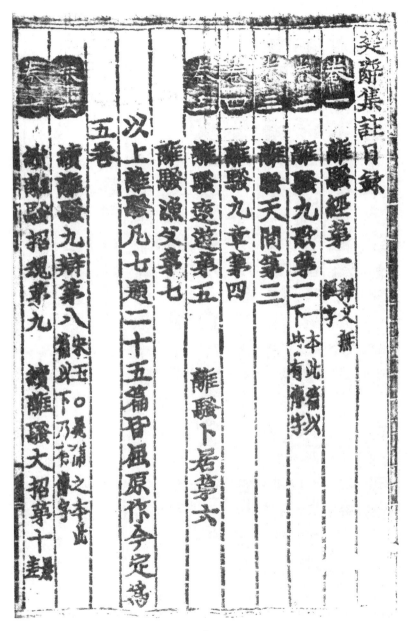

3

卷之八

續離騷惜誓第十一

續離騷弔屈原第十二

續離騷服賦第十三

續離騷哀時命第十四

續離騷招隱士第十五

以上續離騷凡八逞十六篇今定為三卷

右楚辭集注八卷今所揽采其事錄如上盖自屈原賦
離騷而南國宗之名章繼作遂號楚辭大抵皆祖原意
而離騷深遠矣竊嘗論之原之為人其志行雖或過於
中庸而不可以為法然皆出於忠君愛國之誠心原之
為書其辭旨雖或流於跌宕怪神怨懟激發而不可以

詞然皆生於繾綣惻怛不能自已之至意難其不知
學於比方以求周公仲尼之道而獨馳騁於變風變雅
之末流以故罔爾丱士或蓋稱之然使世之故臣孝子
懟妻去婦其誶譆詛盟於下而所天者幸而聽之則於後
此之間天性民彝之善豈不足以亢有所發而增夫三
綱五典之重此予之所以去而有味於其言而不敢直以
詞人之賦視之也然自原著此詞至虞未又而詭者已
矣其趨如太史公蓋未能免而劉安班固賈逵之言也
復不傳及隋唐間爲訓解者尚五六家又有僧道騫者
能爲楚聲之讀今亦漫不復存無以考其說之得失而
獨東京王逸章句奧近世洪興祖補注並行於並其於

5

詞語名物之間則已詳矣顧兮王書之所取舍與其題號
離合之間多可議者而洪皆不能有所是正至其大義
則又皆未嘗沈潛反復味取以尋其文詞指意之
所出而遽欲取賁立說旁引曲證以強附於其事之已
然是以或以迂滯而遠於性情或以迫切而害於義理
使原之所為豈譽而不得甲於當年者又晦昧而不見
白於後世子於是益有感焉疾病呻吟之暇
粗加櫽括定為集註八卷庶幾讀者得以見古人於千
載之上而死者可作又足以知千載之下有知我者而
不恨於來者之不聞也嗚呼悕矣是豈易與俗人言哉

6

楚辭卷第一

離騷經第一　　楚辭　　忠字集註

離騷經者屈原之所作也屈原名平與楚同姓仕
於懷王為三閭大夫三閭之職掌王族三姓曰昭
屈景懷　貳曰景　實　因氏　雖元郡姓　屈原序其譜屬率其賢良以
厲國士入則與王圖議政事決定嫌疑出則監察
群下應對諸侯謀行職脩王甚珍之同列上官大
夫及用事臣靳尚害其能共譖毀之王乃疏屈原
屈原被讒憂心煩亂不知所愬乃作離騷　離別也　騷愁
也經徑也言己放逐離別中心愁思猶依道徑以風諫君也　上

靡弱兒麋摩也麋牝鹿也麀角高兒羨詞也屬

熊黃白文從此以上皆陳山林領危草木茂盛棄底

所居虎兒成行不宜有道徙鄉也攀援挂技兮聊逍遙兮尻豹

養瘠性欲黃困原還鄉也

閭兮熊羆咆禽獸駭兮立其曾王孫兮歸來山中兮不

可以久留兮 叶補接一件折一無一作求鄉○再言其後挂技反曾

必其實耳不敢退也之不可居者明源未有兒童不可得而招也故又言山中不可久居但不

讀楚辭卷八

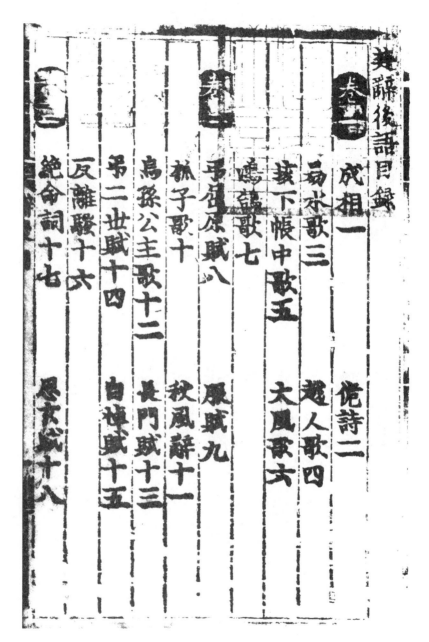

10

弔屈原　　　　　弔萇弘

罕樂歌　　　　　乞巧文

憎王孫

幽懷　　　　　青山石

寄蘂氏女　　　服胡麻貳

娶登　　　　　秋風三疊

鞫歌　　　　　乾招

**卷三**

楚辭後語目錄以屈氏所集錄續雙二書列補定著

兄五十二篇屈氏之寫此寄圖主於辭而亦不得工兼

於義全因莫者則其書於辭也工查猶而評於義也當

蓋蓋矣此余之所以兢兢而不敢其體也蓋廉游子

苦窮而呼天疾痛而乎父母之詞也故今所叙取而使
繼之者必其出於忠君愛慇惻怛之意乃為得其
餘皆而安衍坐憂之間灌愉快遹之語宜不得而與焉
至論其等則又必以義小而冥合者為貴其或有是如
雖達且興而將返而迎之一有意於求似則雖迫真如
錫神求不得已而取之耳其於義則首為著首卿子
之言者意謀切詞調趣妙君人者誠能使人朝文誦詞
不離茶其側如衛武公之抑戒則所以八耳而著心者
豈但廣其細加明師勸誦之益而已裁此周余之所言
番番而不能志者若高唐神女李娜洛神之錫其詞亦
不可藥而留藥不錄則以義裁之而斷其為禮法之罪

12

人也高唐辛章雖有恩萬方憂國害開聖賢輔不遠之

云亦屠兒之禮佛倡家之讀禮耳幾何其不為歐笑之

資而何諷一之有哉其息夫躬神宗元之不棄則鼂氏

已言之矣至於揚雄則未有讀其罪者而余獨以為是

矣失節亦養莠之偉耳然莠猶如悟而自訟者雄則反

訓前哲以自文宜又不得奧矣今皆取之豈不以

夫莠之毋子無絁道而於雄則欲因反躄而著蘇氏洪

氏之恥詞以明天下之大戒也闘翁之詞竉氏以為中

和之發於此不類將以其為古賦之流而取之是也狷

以其自謂晉臣耶事二姓而言則其意亦不為不悲矣

序列於此又何斅焉至於綿篇持著張夫子呂東叔之

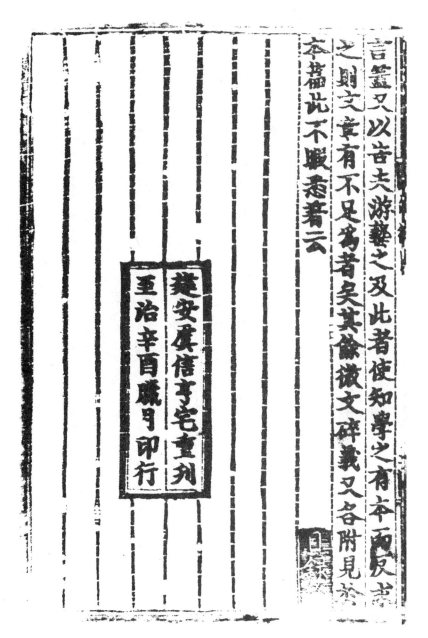

言籤又以音夫游藝之及此者使知學之有本而反書
之則文章有不足為者吳其餘微文碎義又各附見於
本書備説不暇悉著云

楚安鷹信寺宅重刊
至治辛酉歲月印行

楚辭後語卷第一

成相篇一

　成相者荀卿子之所作也荀卿趙人名
況學於孔氏門人駰臂子弓者亢遂於禮著書數
萬言少遊學於齊歷威宣至襄王時三為祭酒下祭
酒後以避讒適楚春申君以為蘭陵令春申君死
荀卿亦廢遂家蘭陵而終焉此篇在漢志既成相
雜辭凡三章雜陳古今治亂興亡之動託聲詩以
風時君若將以為工師之誦旅賁之觀者其尊主
愛民之意亦深切矣相者助也象重勤力之歌史
所謂五穀大夫死而舂者不相杵是也卿非但原

車守吾茨以樂梅兮闢吾兗以進趍資糧械器惟所用

兮何物之不儲四方上下惟所之兮何適而非塗雖偕

物以致用兮廓吾府而常虛縱弃鷟以終日兮燕吾居

而晏如惟寔惟寂疑有疑無其事無對其大無餘昌自

苦兮一方拘弛兮來盡反故居

楚辭後語卷第六

提辭後語者我
宋文公朱先生之所作也其述作之亰亰先生自
序之詳矣而其編定此書之時與夫論著之辭略
則又巳見於　先生之幸子迪守監辭君之攷序
余生晚不及侍先生函丈獨幸與監辭攷國亰又
來溫陵又為條相好也眠日因從閲先生平日逆
作大畧以為亢壽巳行於世獨此編乃晚年诶定
甾未及辛業故人未及見而首以示
之其後詞與義不一而足獨
畐致其意其序及諮遑則以勞遑一
之畐或其序胡岩迄凶以為遑

惡夫揚雄以妒深沈之思作爲雅麗之文後世讀

之未有以爲非者而先生待之不少恕如此抑余

嘗就監薄君借　先主所作貲治通鑑綱目之書

讀之見其所書雄之死曰莽大夫揚雄辛則知先

生之所以既雄者其意蓋有在也嗚呼嚴哉後之

覽者儻知先生所以去取之意而明三綱五常之

義如讀春秋而亂臣賊子懼者則庶乎其不歸驥

人之失而先生此書寫不苟作矣余不敏何足以

識先生之指意特見而謂之知之謂耳因以是說

跋於

監薄君君曰然乃敬書其後而歸之嘉定士申重

九後一日邵武鄉　廬□書於溫陵郡齋

先君晚歲草定此編蓋本諸晁氏續變二書其去

取之義精矣然未嘗以示人也每章之首皆略叙

其述作之由而因以著其是非得失之漸獨思玄

悲憤及復志賦以下至于幽懷則謹存其目而未

又有所論述故今於此十九章之叙皆囿晁氏之

舊而書之若夫□歌撮招二章則非即孫子之書

所及者讀者所當有以識夫盲言高於言□之□也

嘉定壬申仲秋在始取遺藁□□□□□□□□

如新而音容不復可見矣因游□迹□□□□文□

年歲在丁丑補外來守星江□四□□□□□□□

所刋楚詞集注重加校定復備刻此書庶幾並行

且以識予心之悲也中秋日在謹記

吊弔服賦已見續騷反騷一篇亦附卷末而後

語之作皆複收入其本旨旣不可知而二集並

存則爲重複今以反騷著於此而貢賦二章則

存其目庶幾二集若相爲用不可偏廢而纂輯

之意或以是而得之至於思玄以下十九章用

歸來子之說而未經刋定者姑以附注於篇目

之下云端平　乙未秋七月朔孫鑛百拜敬識

讀離騷辯證上

余既集王洪壁注顧其訓故文義之外猶有不可

知者然慮文字之太繁覽者或沒溺而失其要也別

記于後以備參考慶元己未三月戊辰

目錄

洪氏目錄九歌下注云一本此下皆有傳字是民本則

自九辯以下乃有之呂伯恭詩記引鄭氏詩譜曰

小雅十六篇大雅十八篇爲正經孔穎達曰凡書非

正經者謂之傳未知此傳在何書也按毛辯屈原離

騷謂之經自朱玉九辯以下皆謂之傳以此例考之

則六月以下小雅之傳也民勞以下大雅之傳也孔

者爲鬼則失之矣其言附形之靈附氣之神似亦近

是但其下文所分又不免於有差其謂魄識少而魂

識多亦非也但有運用畜藏之異耳

雄奧凌叶今閒人有謂魄爲形者正古之遺聲也

楚辭辯證上

22

楚辭辯證下

天問

隅隈之數注引淮南子言天有九野九千九百九十九

隅此其無稽亦甚矣哉

論衡云日晝行千里夜行千里如此則天地之間祭亦

其矣此王充之陋也

顧菟在腹此言虵在月中則顧菟但爲兔之名號耳而

而非兔名又趎辛曰見兔而顧犬亦因兔用顧字而

上官桀曰逸庭之犬當顧菟耶則顧當爲瞠顧之義

其取義又異盍不可曉且兔與菟同是一字見於說

文而其形聲皆異又不知其自何時始別異之也

理殊不足以為此書之輕重且後自謂嘗為史官古
文國書職當損益不憚其學而論其官固已可笑況
其所謂纂削者又徒能移易其篇次而於其文字之
同異得失猶不能有所正也浮華之習徇名飾外其
弊乃至於此可不戒哉

楚辭辯證下

歲在癸酉金工水方于兹其年李公五十曰

李相國嘗之巡五峰邑復奉曰三年篇之故云

印曰雜鉤光需鳴曰阿賦之神興重方不好

加知一至圍而好加龍有起南國宫之高章

縱作逍辭堂森其舉教維舩藏詞學

三捐南山八谷舟得一市湿祖詳以華達

甌四文阿之月室锾栢以灰其傳秦形美鳴村

葛工等學其車禾圃月印功尤鳴吁相國

三人而皆重教子...是于書

府六申 ... 大夫 ... 勳衆岳馬國孫俟表 ...

修蓮跋

26

都觀察黜陟使嘉善大夫兼監倉安集轉輸勸農管学

事提調刑敎兵馬公事兼刑尚州牧事丁未　宗之

都事　来直郞李孝長

敎授官通德郞李玉俊

監督生員白晫

校正進士金一敎用

幼学朴祺之

剃字前副司直李英春

前副司正金順義

十德惠脩

大禅師心脩

27

楚辭集註 一之三

2

楚辭序

楚辭今巻劉陽朱夫子之所校定離騷六
也則朱子以晁氏所集錄而刊補定著者
也盡三百篇之後惟屈子之辭最為近古
屈子為人其志潔其行廉其嶢辭遠調苦
棄驚駕虬而得游于埃塩之表自宋玉景
差以至蘭唐宋作者繼起皆宗其藥蘧而
莫能尚之真風雅之流而詞賦之祖也漢
千逸脊為之章句宋洪興祖又為之補註

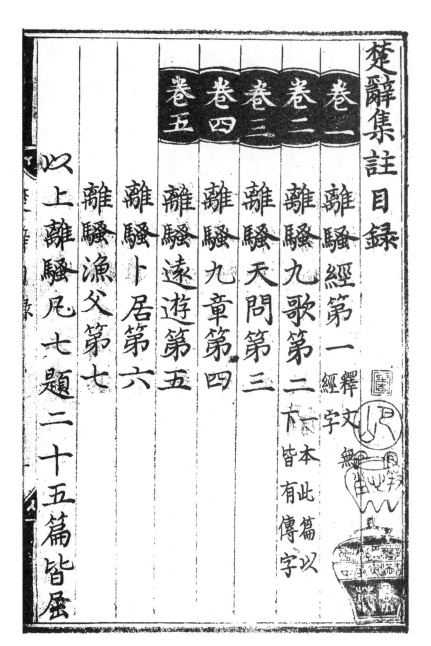

楚辭集註目録

卷一

離騷經第一 經字釋文本此篇以下皆有傳字

卷二

離騷九歌第二

卷三

離騷天問第三

離騷九章第四

卷四

離騷遠遊第五

離騷卜居第六

卷五

離騷漁父第七

以上離騷凡七題二十五篇皆屈

馮閑之先生讀楚辭語

離騷

世有屬康廼見離騷、離騷不易讀也、攬其

青華如微雲之染空映千疏去玩其逢遇

將青春之魚美移入愈深婉姵朝朝從容

輝至來去如風雨之魚從朔晞若日月之

停無乃若沿隨詿謎何異學究談禪或更

執生意見又是痴人說夢唯當掃地焚香

馮山帶次不憎入于人間竟遠投于芳草

5

# 楚辭卷第一

## 離騷經第一

離騷經者屈原之所作也屈原名平

離騷一　朱子集註

與趙同姓仕於懷王為三閭大夫三
閭之職掌王族三姓曰昭屈景
有昭奚恤元和姓纂云趙武王子瑕
食采於屈因氏焉瑕重屈蕩屈建
平並其後又云景氏有
景差至漢皆徙關中
屬率其賢良以屬國士入則與王圖
議政事決定嫌疑出則監察羣下應

6

對諸侯謀行職備、王甚珍之同列上

官大夫及用事臣靳尚、妬害其能、共

譖毀之、王疏屈原、屈原被讒憂心煩

亂、示知所想乃作離騷、猶遭班孟堅曰、離騷師

古曰、擾動曰驫、其謂之經、蓋後世之士、祖述其詞尊而名之耳、非原本意

也、上述唐虞三后之制、下序桀紂

罪澆之敗、冀君覺悟反於正道而還

己也、是時秦使張儀譎詐懷其令絕

齊交、文誘與俱會武關原諫懷王勿

7

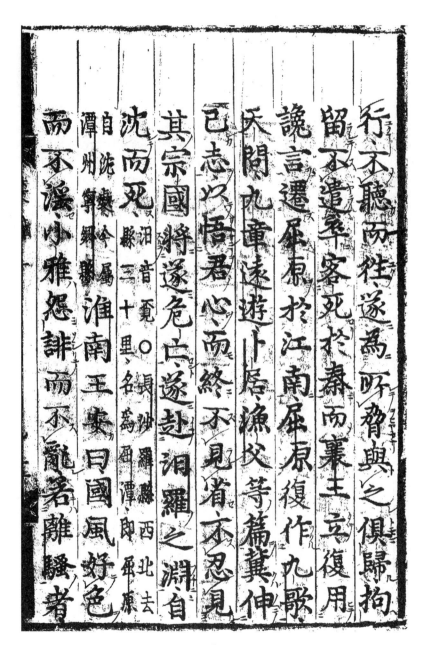

行不聽而往、遂為呀脅與之俱歸拘
留不遣卒客死於秦而襄王立復用
讒言遷屈原於江南屈原復作九歌
天問九章遠遊卜居漁父等篇冀伸
己志以悟君心而終不見省不忍見
其宗國將遂危亡遂赴汨羅之淵自
沈而死、自沈羅縣今屬縣三十、名為屈潭即屈原汨音冪○長沙羅縣西北去
潭州爭銅淮南王安曰國風好色
而不溫小雅怨誹而不亂若離騷者

8

楚辭卷第八

本敢遠必其來之詞也

歸不可留、但不可久耳

中之不可居者、而於終篇卒

致其意、若曰

明原未有歸意、未可得而招也、故又言曰

援字、咆蒲交反、叶一作來歸

援字、咆蒲候反、曹叶徂侯反、歸一作來

王孫兮歸來、山中兮不可以久留、折援一無

淹留虖豹鬬兮熊羆咆嘷兮禽獸駭兮亡其曹

攀援桂枝兮聊

情性欲使畢原還歸朝也

虎兒兩行不宜育道德養

以上皆陳山林傾危草木茂盛

峣頭角高兒崔巍也罷耴熊黃白文從此

9

楚辭辯證 上

余既集王洪騷注顧其訓故文義之外

猶有不可不知者然慮文字之太繁覽

者或沒溺而失其要也別記于後以備

參考慶元己未三月戊辰

目録

洪氏目録九歌下注云一本此下皆有傳

字罷氏本則自九辯以下乃有之吕侑

恭讀詩記引鄭氏詩譜曰小雅十六篇

10

魄識少而魂識多亦非也但有運用齋

藏之異耳

雄與凌叶今閩人有謂雄為形者正古之

遺聲也

楚辭辯證上

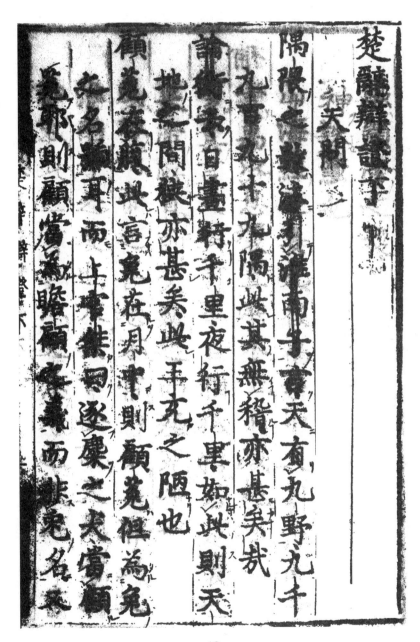

楚辭辯證下

天問

隔限亡逴流沙而去　天有九野九千

九千九十九陽此其無稽亦甚矣戎

論衡亦曰畫野千里夜行千里如此則天

地之間揆亦甚美與毛亢之陋也

顧炎春願與富兔在月中則顧兔但為兔

女名兼耳而上辛集曰逐麋之犬當顧

兔郤則顧當為瞻顧之義而非兔名矣

12

楚辭辯證下

楚辭後語目録

卷一　成相一

　　易水歌三

　　垓下帳中歌五

　　鴻鵠歌七

　　弔屈原賦八

　　鵩子歌十

　　烏孫公主歌十二

　　平二世賦十四

卷二

　　佹詩二

　　越人歌四

　　大風歌六

　　服賦九

　　秋風辭十一

　　長門賦十三

　　自悼賦十五

14

韓辞後語卷第一

成相第一

成相者趙蘭陵令荀卿之所作也、
荀卿趙人名況、學於孔氏門人駢臂
卑考者、亢遠於禮、著書數萬言、少遊
學於齊、歷戴宣至襄王時、三為稷下
祭酒、後以避讒適趙春申君以為蘭
陵令、春申君尤、荀卿亦廢、遂家蘭陵
而終焉、此篇在淵志篇成相雜辞尼、

15

尊無對、其大無餘、昌自苦兮一方、樹魂兮

來、婦（反）故居

楚辭後語卷第六 終

16

楚辭後語者我
宋文公朱先生之所作也其述作之
本意先生自序之詳矣而其編定此
書之時與夫論著之詳略則又已見
於先生之李子通守監簿君之後
序余生晚不及侍先生函文獨幸與
監簿君同朝及來溫陵又為僚相好
也暇日因從問先生平日述作大槩
以為它書已行於世獨此編乃晚年

注於篇目之下云端平乙未秋七
月朔孫監百拜敬識

為國家之先務者不啻贍養矣實我

朝鮮萬世無強之福也

宣德三年閏四月　日崇政大夫判右軍都摠制

守事集賢殿大提學知經筵春秋館事兼成均大

司成　世子貳師臣卞季良拜手稽首敬跋

宣德四年己酉正月　日印

鑄字之設可印群書以傳永世誠為無窮之利矣

然其始鑄字樣有未盡善者印書者病其功不易

就永樂庚子冬十有一月我

殿下發於宸衷命工曹參判臣李蕆新鑄字樣極為精

緻命知中事臣金益精左代言臣鄭招等監掌其

事七閱月而功訖印者便之而一日所印多至二

十餘紙矣恭惟我

恭定大王作之於前今我

主上殿下述之於後而條理之密又有加焉者由是而

無書不印無人不學文教之興當日進而世道之

隆當益盛矣視彼漢唐人主規規於財利兵革以

所刊楚詞集注重加校定復併刻此書庶幾並行

且以識予心之悲也中秋日在謹記

弔屈服賦已見續騷反騷一篇亦附卷末而後

語之作皆復收入其本旣不可知而二集並

存則為重複今必及騷著於此而賈賦二章則

存其目庶幾二集若相為用不可偏廢而纂輯

之意或必是而得之至於思玄以下十九章用

歸来子之說而未經刊定者姑以附注於篇目

之下云端平乙未秋七月朔孫鑛百拜敬識

九後一日邵武鄒□應龍書於溫陵郡齋

先君晚歳草定此編蓋本諸晁氏續變二書其去
取之義精矣然未嘗以示人也每章之首皆略叙
其述作之由而因以著其是非得失之跡獨思玄
悲憤及復志賦以下至于幽懷則謹存其目而未
及有所論述故令於此十九章之叙皆因晁氏之
舊而書之若夫韓歌擬招二章則非歸來子之書
所及者讀者所當有以識夫旨意於言詞之外也
嘉定壬申仲秋在始取遺藁謄寫成編捧玩手澤
如新而音容不復可見矣因溯洄而書其後又五
年歳在丁丑補外來守星江寔嗣世職既取郡齋

149

惡夫揚雄以好深沉之思作為雅麗之文後世讀
之未有以為非者而先生待之不少恕如此抑余
嘗就監簿君借　先生所作資治通鑑綱目之書
讀之見其所書雄之死曰莽大夫揚雄卒則知先
生之所以貶雄者其意蓋有在也嗚呼嚴哉後之
覽者儻知先生所以去取之意而明三綱五常之
義如讀春秋而亂臣賊子懼者則庶乎其不蹈騷
人之失而先生此書為不苟作矣余不敏何足以
識先生之拈意特見而謂之知之謂耳因以是說
諗於
監簿君君曰然乃敬書其後而歸之嘉定壬申重

楚辭後語者我

宋末公朱先生之所作也其述作之本意先生自
序之詳矣而其編定此書之時與未論著之詳略
則又已見於 先生之季子通守監薄君之後序
余生晚不及侍先生函丈獨幸與監薄君同朝及
來溫陵又爲僚相好也眡日因從問先生平日述
作大槩以爲它書已行於世獨此編乃晚年所定
猶未及卒業故人未及見而首以示余余得伏而
讀之其微詞奧義不一而足獨論漢楊雄則反覆
屢致其意其序也則以爲屈原之罪人離騷
之讒賊其序胡笻也則以爲非怨璞亦以甚雄之

車守吾坎以禦俊兮開吾兌以進趨資糧械器惟所用

兮何物之不儲四方上下惟所之兮何適而非塗雖備

物以致用兮廓吾府而常盧綜奔救以終日兮燕吾居

而晏如惟實惟寂黓有黓無其尊無對其大無餘昌自

苦兮一方拘魂兮來歸反故居

楚辭後語卷第六

以風遷流正性兮失厥中魂兮來歸魂無南離明獨照
兮萬物矚文章煥發兮不可緘兮滌倏大兮志弗厭魂
兮来歸魂無西日入昧谷兮草木萎實落材成兮雖有
時志意彫謝兮與物衰魂兮来歸母此幽都闇黷兮
深蔽塞歸根獨有兮專靜默有心獨藏兮吝為德魂乎
来歸魂無上清陽朝徹兮文惚恍絶類離群兮入無象
杳然高舉兮極驕亢魂兮来歸母下素位安行兮以
時舍沉濁下流兮甘土首固哉成形兮不知化魂兮来
歸反故居盍歸休兮復吾初範博厚以為宮兮戴高明
以為盧植大中以為常產兮蘊至和以為廚動震雷以
鼓昕兮守艮山以止隅秉離明以為燭兮御巽風以行

擬招第五十二

擬招者京兆監田呂大臨之所作也　大臨受學程

張之門其為此詞蓋以寓夫求放心復常性之微

意非特為詞賦之流也故附張子之言以為是書

之卒章使游藝者知有所歸宿焉

上帝若曰哀我人斯資道之微肯天之儀神明精粹降

爾德兮予無汝欺視聽食息智有則兮予何敢私顧弱

喪以流從返故居兮謬迷圈豚放馳散無適歸蟻暮羊

韄聚附弗離予哀若時魂莫予追乃命巫陽為予招之

陽拜稽首敢不祗承上帝之耿命退而招之以辭辭曰

魂兮來歸魂無東大明朝生兮啓羣蒙萬物搖蕩兮隖

144

子於京師聞其論說而有警焉於是盡棄其學而

如也嘗見

神宗顧問治道之要即以漸復三代為對退與宰

相議不合因謝病歸著訂頑正蒙等書數萬言間

閱古樂府詞病其語甲乃更作此以自見并以寄

二程云

鞠歌胡然兮邈余樂之不猶宵耿耿其不深兮日孜孜

焉繼余乎嚴脩井行惻兮王收昌賈不售兮阻德音其

幽幽述空文以見志兮庶感通乎來古搴昔為之純英

兮又申申其以告鼓弗躍兮塵弗前千五百年兮寥哉

閟焉謂天實為兮則吾豈敢嗟審已茲乾乾

辨後語六

六

後夜達明悵獨處此兮誰適為情長歌激烈兮滌逸交

零顧言思子兮使我心怦

秋風浩蕩兮天宇高羣山逶迤兮溪谷寂寥登高望遠

兮不自聊駕言適野兮誰與遊遨空原無人兮四顧蕭

條猨狖與任兮麋鹿為曹浮雲千里兮歸路遠遙顧言

思子兮使我心勞

鞠歌第五十一

鞠歌者横渠張夫子之所作也自孟子沒而聖學

不得其傳至是蓋千有五百年矣夫子蚤後范文

正公受中庸之書中歲出入於老佛諸家之說左

右采獲十有餘年既自以為得之矣晚見二程夫

142

秋風三疊者原武邪居實之所作也居實怒子有

少有逸才大為蘇黃諸公所稱許而不幸蚤死其

為此時年未弱冠然味其言神會天出如不經意

而無一字作令人語同時之士號稱前輩名好古

學者皆莫能及使天壽之則其所就豈可量哉

秋風夕起兮白露為霜草木憔悴兮竊獨悲此眾芳明

月皎皎兮照空房盡日苦短兮夜未夾有義一人兮天

一方欲往從之兮路卿岊登山無車兮涉水無航顧言

思子兮使我心傷

秋風浙浙兮雲宜窅鵑梟盡號兮蟋蟀夜鳴歲月徂邁

芳忽如流星少壯幾時兮老冉冉其相仍展轉反側兮

極悲哀而不暇於為代乃為賢於他語云

毀璧兮隕珠執手者兮間過憂憎兮萬世一軌居物之

患兮固常以好為禍羞挑菊兮飯汝有席兮不檳汝坐

歸來兮逍遙采芝英兮禦饑波善兮清明陽春兮玉咏

畸於世兮天脫其纓愛骨人兮生實實棄汝陽侯兮遇

汝曾不如生末可以去兮殆其雛嬰衆雛羽翼兮故巢

傾歸來兮逍遙亞江浪波何時平山崿崿兮猿鶴同社

瀑垂天兮雷霆在下雲月為晝兮風雨為夜得意山川

兮不可繪畫寂寥無明兮趦趄起彼幽坎兮可謝歸

来兮逍遙增膠兮不聊此暇〔有誤字〕

秋風三疊第五十

140

甘且腴兮補填骨髓流髮膚兮是身如雲我何居兮長

生不死道之餘兮神藥如蓬生爾盧兮世人不信空目

劬兮搜抉異物出怪迂兮槁死空山固其所兮至陽赫

赫發自坤兮至陰肅肅躋於乾兮寂然反照珠在淵兮

沃之不滅兮又不燔兮長虹流電光燭天兮嗟此區區何

與於其間兮譬之膏油火之所傳而已耶

毀璧第四十九

毀璧者豫章黃太史庭堅之所作也庭堅以骳詩

致大名而尤以楚辭自喜然以其有意於奇也兼

甚故論者以為不詩若也獨此篇為其女弟而作

蓋歸而失愛於其姑死而猶不免於水火故其詞

傑然自為一代之文於楚人之賦有未數數然者

獨公自蜀而東道出屈原祠下嘗為之賦以詆楊

雄而申原志然亦不專用楚語其轉之亂乃曰君

子之道不必全乎全身遠害或然乎嗟子區區

獨為其難乎雖不適中要以為賢乎夫我何悲子

所安乎是為有發於原之心而其詞氣亦若有冥

會者它詞則唯此賦為近於橋頌故録其篇云

我夢羽人頎而長乎惠而告我藥之良乎喬松千尺老

不僵乎流膏入土龜虵藏乎得而食之壽莫量乎於此

有草衆所嘗乎狀如狗蝨莖方乎夜牧晝曝久乃藏

乎伏苓為君此其相乎我興發書若合符乎乃以淪乃

屬綠宛宛兮橫逗積李兮鏑夜棠桃兮炫晝蘭馥兮溧

植竹娟兮常茂柳蔦綿兮含姿松偃塞兮猷秀鳥跂兮

下上魚跳兮左右顧我兮適我有斑兮伏獸感時物兮

念汝遲汝歸兮攜幼

我營兮止諸有懷兮歸女石梁兮以苦蓋綠陰陰兮承

宇仰青桂兮俯有蘭嗟女歸兮路豈難望超然之白雲

臨清流而長歎

服胡麻賦第四十八

服胡麻賦者翰林學士眉山蘇公軾之所作也國

朝文明之盛前世莫及自歐陽文忠公南豐曾公

韓與公三人相繼迭起各以其文擅名當世狀皆

神宗致位宰相世方仰其有為庶幾復見二帝三
王之盛而公乃汲汲以財利兵革為先務引用凶
邪排擯忠直躁迫強戻使天下之人囂然喪其樂
生之心卒之羣姦嗣虐流毒四海至於崇宣之際
而禍亂極矣公又以女妻蔡卞此其所予之詞也
然其言平談簡遠儵然有出塵之趣視其平生行
事心術略無豪縫肖似此夫子所以有於予改是
之歎也數晁氏録其少作兩賦而獨有此蓋不可
曉故今特收未而并著其本末亦使讀者無疑於

宜陵絶命之章云

建業東郭壑城西堧千嶂承宇百泉遶雷青遙遙兮纏

哀予生之賤遠兮邑深懷而告誰兮嗟此誠之不達兮惜

此道而無遺獨中夜以潛歎兮匪吾憂之所宜

書山石壁第四十六

書山石壁者宋丞相荊國王文公安石之所作也

公遊舒州山谷書此詞於澗石蓋非學楚言者而

亦非今人之語也是以談者尚之

水泠泠而北出山靡靡以旁圍欲窮原而不得竟悵望

以空歸

寄蔡氏女第四十七

寄蔡氏女者王文公之所作也公以文章節行高

一世而尤以道德經濟為已任被遇

之多賢兮惟回也為庶幾超群情以獨去兮指聖域惟

高進固簞食與瓢飲兮寧服輕而駕肥塈若人何如

芳懃吾德之纖微躬不田而飽食兮妻不織而豐衣援

聖賢而比度兮何倪偉之能希念所懷之未展兮非悼

已而陳私自禄山之始兵兮歲周甲而未夷何神堯之

郡縣兮乃家傳而自持稅生人而育車兮列高城以相

維何茲世之可久兮宜求念而遷思有三苗之逆命兮

舞干羽以來之惟刑德之既修兮無遠通而咸歸當高

祖之初起兮提一旅之嘉師能順天而用報兮竟掃寇

而戡隋況天子之神明兮有烈祖之前規劃弊政而還

本芳如反掌之易為苟廟堂之始得兮何下邑之能違

楚辭後語卷第六

幽懷賦第四十五

者唐山南節度使李翺之所作也翺見推當時性頗直議翺論之所能下也

翺後氏韓愈為文賦章不人仕不得志辯自敘辯云忠公當云焉始有相面歎斥宰相性幽懷以吉坐答之此

昔之歐陽文余讀余幽之懷不賦然兮眾囂囂特翺膺行道而雜處

庸之豪以羞耳最後視余幽之懷素漢間書好日事行義中

歎一至翺甲飾之韓愈心不耳及又翺云賦以怪謂神尤過之以羨一二旅烏鳴取之乃咸所日憂

始太息後世之韓子孫皆不其能以老羞天下翺取之河北心為翺

光紫歎一飾之光始當時君子皆易有於亂興

呼天而後君子孫皆不時其能以老羞天下翺

亡之哉其則唐若是故附豈見於亂興

之心則重若是故附豈見於亂興

眾囂囂而雜處兮咸嗟老而羞早視予心之不然兮慮

行道之猶非儅中懷之自得兮終老死其何悲昔孔門

韓後語六

食兮私巳不分兮彙菓腹兮驕傲驊欣嘉華羨木兮碩

而繁群披競鬮兮枯株根毀成敗實兮更怒喧居民賦

苦兮號穹旻王孫兮甚可憎寬山之靈兮胡獨不聞後

之仁兮受逐不校退優游兮惟德是傚廉來同兮聖凶

禹稷合兮凶誅羣小逐兮君子違大人聚兮辥子無餘善

與惡不同鄉兮否兼既兆其盈虛伊細大之固然兮乃

禍福之攸趨王孫兮甚可憎蒮山之靈兮胡逸而居

楚辭後語卷第五

唯知恥詭貌謟詞靈辱不貴自適其宣中心已定胡妾

而祈堅汝之心密汝所持得之為大失不汙甲凡吾所

有不敢汝施致命而昇汝愼勿疑嗚呼天之所命不可

中華泣拜欣受初悲後懌抱拙終身以死誰惕

憎王孫文第四十四

觀氏曰憎王孫以惡者禽臭物指讒佞而宗元故之
龍鸞記君子以惡
柳宗元之所作也離騷以虯

湘水之派派兮其上群山胡姦讟而彼瘝兮善惡異居

其間惡者王孫兮善者猨環行遂植兮止暴殘王孫兮

甚可憎噫山之靈兮胡不賊施跳踉叫嚻目宣斷

外以敗物兮內以爭群排闘善類兮譖諛披紛盜取民

131

觀者舞悦誇談雷吼獨溺臣心使甘老醜豈醫苯菌樸
鈍枯朽不期一時以俟悠久旁羅萬金不贄甯弊帛跪呈
豪傑投棄不有眉矇慼喙唾脣歐大赦而歸填恨低
首天孫司巧而窮臣若是卒不余畀獨何酷數敢顡墨
靈悔禍裕臣獨覯付與姿媚易臣頗顩鑿臣方心規以
義眉睫增妍突梯卷奮為世所賢公侯卿士五屬十連
大圓抆去呐舌納以五言文詞婉軟步武輕便齒牙饒
彼獨何人長享終天言訖又再拜稽首俯伏以俟至夜
半不得命疲極而睡見有青裳朱裳手持絳節而来告
曰天孫告汝汝詞良善凡汝之言吾所極知汝擇而行
嫉彼不為汝之所欲汝自可期胡不為之而誰我為汝

130

稽匐匐言語譎詭令臣縮惡彼則大喜臣若效之顰怒
蕞巳彼誠大巧臣拙無比王侯之門狂吠挫扞臣到百
步喉喘顛汗眍肝逆走睍遁神返欣欣巧夫徐入緩誑
毛群掉尾百怒一散世途昏險擬步如漆左低右昂闔
冒衝突兕神怒悸聖智危懍泯焉直透所至如一是獨
黙沓沓騫騫怨口所言迎知喜怒黙測憎憐搔唇一發
何工縱橫不恓非天所假彼智焉出獨奮於臣恬使玷
徑中心原膠加鉗夾誓死無遷探心扼膽踴躍狗牽彼
雖佯退胡可得姘獨結臣舌嗒狎衡寃孽眈流㽹一癬
莫宣胡為賦授有此奇偏眩耀為文璅碎排偶抽黃對
白唅唪飛走騂四儷六錦心繡口宮沈羽振箜篌黃龥手

129

耀之日久矣今聞天孫不樂其攫得員卜於亥龜將踏

石梁款天津儷于神夫于漢之濱兩旗開張中星曜芒曲

靈氣翕熻茲辰之良幸而弭節薄遊民間臨臣之庭曲

聽臣言臣有大拙智所不化醫所不攻威不觥遷寬不

骹容乾坤之量包含海岳臣身甚微無所投足蟻適于

珵蝸休于殼龜竈螺蚌皆有所伏臣物之靈進退唯辱

仿佯為狂束為詝吁吁為詐坦坦為喬他人有身動

必得宜周旋獲笑顚倒逢嘻巳所尊眄人或怒之變情

徇勢射利抵犧中心甚懵為彼所奇忍仇佯喜悅譽遷

随胡執臣心常使不移及人是巳曾不惕嶽懸名絶命

不貪所知杅朝似傲貴者啟齒臣旁震驚彼且不恥叩

柳子夜歸自外庭有設祠者餌贅馨香競果交羅插竹
乘緌剖爪犬牙且拜且祈怪而問焉女隸進曰今歲秋
孟七夕天女之孫將嬪於河鼓邀而祠者幸而與之巧
驅去塞拙手目開利組紝維製將無滯於心焉為是禱
也柳子曰咨然歟吾亦有所大拙儻可因是以求去之
乃纓弁東祉促武縮氣旁趨曲折傴僂將事再拜稽首
稱臣而進曰下土之臣竊聞天孫專巧于天輇輠璇璣
經緯星展能成文章黼黻帝躬以臨下民歟聖靈仰光

貢教抗甕者為拮撐用力少而見功多而雄甕者
盍之夫鴟不能巢比馬而弱原乃曰鴟鴞之
為鳴逝猶惡其佻巧原誠傷世浇偽固抵拙
為巧意告之不然者今皆然矣甚之也柳宗
詐雖亦閔時奔要柳宗兀之以歸

大廈之騫兮風雨粹之車兮乘者棄之鳴呼夫
子兮不幸類之尚何為裁昭不可留兮道不可常畏死
疾走兮狂顧彷徨燕復為脊兮東海洋洋嗟夫子之專
直兮不應後而為防胡去親而就雄兮卒陷滯以流亡
惜功義之不就兮俾愚昧之周章豈夫子之不能兮無
以惡是之遑遑仁夫對趙之悃欵兮誠不忍其故邦君
子之容與兮彌億載而愈光諒遭時之不然兮匪謀慮
之不長跟陳辭以頓涕兮仰視天之茫茫苟偷世之謂
何兮言余心之不臧

乞巧文第四十三

鼂氏曰乞巧文者柳宗元之所作也傳曰周鼎鑄
偶而使吃其指先王以見大巧之不可為也故子

始而憲末兮非大夫之操陷瑕委厄兮固襄世之道知

不可而愈進兮誓不偷以自好陳誠以定命兮倖貞臣

興為友比千之以仁類兮縕遂絕以不韋伯夷殉潔以

莫懲兮執克軌其遺塵茍端誠之內勵兮雖伯者老其誰

珍古固有一死兮賢者樂得其所大夫死忠兮君子所

興嗚呼哀哉兮敬弔忠甫

弔樂毅第四十二

晁氏曰弔樂毅文者柳宗元之所作也樂毅其先

曰樂羊昭昭王以子之之亂而齊大敗燕昭王怨王

齊未嘗一日而忘齊七世延先礼郭隗聞之毅往委妻

質焉以為上將軍下齊七十餘城田單閒之毅畏

立訴遂西降故趙以書遺燕惠王曰臣聞聖賢之君功

不稱於後世而以讒慶傷毅之故弔云而

不見於知而

以為式知死不可撓兮明章人極夫何大夫之炳烈兮
王不寤夫讒賊卒施快於剽校兮怛就制乎強國松栢
之斬刈兮蘙荁欣植盜驪折足兮罷駑騺驂兮之高
翔兮薆孤媏而不食竊畏忌以群朋兮明兮夫孰病而伸
一挺寰以校衆兮古聖人之所難銷援嬴以威懷兮蓋
固踟跦而違安殺身之匪子關宗周之不完豈成
城以夸功兮哀清廟之將殘娭艜子之肆誕兮彌皇覽
以為謷姑舍道以後世兮焉用夫考古以登賢指白日
以致憤兮卒頦幽而不列版上帝以飛精兮黽蒙廓而
殄絕竭馮雲以邪想兮終冥冥以欑鬱結欲登山以號辭
兮愈洋洋以趨忽心洰洄其不化兮形凝冰而自懍圖

自朋以黙黙兮曰吾言之不行既瑜風之不可去兮懷

先生之可忘

吊萇弘文第四十一

周鼎氏曰吊萇弘為文者柳宗元之所作也萇弘字叔

周靈王之賢臣為劉文公之屬大夫教王十年劉

文公與之弘欲城諸侯使告于晉魏獻子弘萇弘泊其政不悅萇

弘而興之合城侯成周狄泉衛彪龐曰萇弘藏其血及范中行而化之弘殁萇

難乎周人諍殺萇弘之曰莊周之云萇弘肬藏其血三年而化之

元為哀君弘之語以其忠忠誠故也吊也云宗

有周之贏兮邦國異圖臣乘君則方王易為侯威強通

制兮蠻命轉幽滲盡膠密兮肝膽化佞奸權蒙貨兮忠

勇以劉伊時云幸兮大夫之羞鳴呼危裁河渭瀆溢兮

橫軀以抑嵩高圻隊兮舉手排直壓溺之不慮兮堅剛

鞿兮固僻陋之所疑　委故都以從利兮　吾知先生之不

忍立而視其覆隊兮　又非先生之所志　窮與達固不渝

兮夫唯服道以守義兮　矧先生之悃愊兮　澹大故而不貳

沉藏逤珮兮靭幽而不光　奎蕙藏匿兮胡久而不芳兮　澳

芊之貌不可得兮猶髣髴其文章　託遺編而歎喟兮　澳

霍雷電兮睚眯　呵星辰而驅詭怪兮　夫孰救於崩工何揮

霍雷電兮尚為之　荒茫耀婺辭兮　曠朗兮世果必是

之為狂哀余衷之坎坎兮　獨蘊憤而增傷諒先生之不

言兮後之人又何望　忠誠之既內激兮抑衝忍而不長

革為昆之幾何兮胡獨焚其中腸吾哀今之為仕兮庸

有應時之吾臧食君之祿畏不厚兮悼得位之不昌退

後先生蓋千祀兮余再逐而浮湘求先生之泪羅兮墜
蘅若以薦芳顧荒忽之顧懷兮冀陳辭而有朗先生之
不從世兮惟道是就支離攘攘兮遭世孔艱華蟲壤
兮進御羔袞牝雞咿嚶兮狐雄束咮哇咬琛觀兮蒙耳
大呂董喙以為羞兮焚棄稷黍之不處
之不處陷塗藉穢兮榮若繡襮折火烈兮娭娭笑語
讒巧之嘵嘵兮惑以為咸池便娟兮美愈西施謂
謨言之怪誣兮反實瑱而逶遲匿重徊以諱避兮進愈
緩之不可為兮先生之凜凜兮厲鍼石而後之仲尼之
去魯兮曰吾行之遲遲柳下惠之直道兮又焉往而可
施今夫世之議夫子兮曰胡隱忍而懷斯惟達人之卓

121

歸路偉仲尼之聖德兮謂九夷之可居惟道大而無所
入兮猶流游乎曠野老聃遁而適戎兮指淳茫以縱步
蒙莊之恢怪兮寓大鵬之遠去莒遠適之若茲兮胡為
故國之為蓁首立之人類兮斯君子之所譽鳥獸之鳴
號兮有動心而曲顧膠余哀之莫餘捨兮雖判折而不
悟列茲夢以往復兮極明昏而告愬

吊屈原文第四十

晁氏曰吊屈原者至柳宗尤之所作而頗反其賈誼
過湖初為賦以吊原則之以誼義責原忠何逢時況
自嶠同山投之諸竄棄江雄則之身以二人比
鸞鳳不同太言各公役所謂也乃宗元得罪與昔人讒去
國者不異史各非窮愁亦不能著書以
自見矜殆困而故悔者其論緯尤矣
弔顏殆困而知悔者

120

復浮雲縱以直度兮云濟余乎西址風纚纚以驚耳兮
類行舟迅而不息洞然於以瀰漫兮虹蜿蜒列而傾側
橫衝飆以盪擊兮忽中斷而迷惑靈漠以瀚泊兮進
怊悵而不得白日邈其中出兮陰霾披離以洋釋施兮
濱以定位兮參差之白黑崩騰上下以恫惶兮聊按
衍而自抑拮据都以委隆兮瞰鄉閭以脩直原田蕪穢
兮峥嶸榛棘喬木摧解兮垣廬不飾山嵬嵬以峕立兮
水汨汨以漂激魂恍恍若有亡兮涕浪浪以隕載類瞵
黃之黔漠兮欲周流而無所極紛若喜而佁儗兮心廻
牙以罋塞鍾鼓喤以戒旦兮陶去幽而開寤曾尉蒙其
復體兮孰云桯揩之不固精神之不可再兮余無蹈夫

蓋乎曩愁

夢歸賦第三十九

者柳宗元之所作也
其年少氣銳不識幾微久之不還復賦
孟容善其恐其墨初立身一敗萬事瓦裂墳墓以
三易主恐其墨初立死曠遠先緒意託孟容言少不掃宅
故作夢歸賦云言以覽自釋都喬水首立鳴號示仲尼微子微
居九夷老子適戎以末云終不微
畏忘其舊才高當世慶不之復然云衆

羅擯斥以窘束兮余惟夢之為歸精氣注以凝沍兮循

舊鄉而顧懷兮余寢于荒陬兮悵慷而莫違竇舒鮮

以自悠兮怠惝髣而愈微歘騰踽而上浮兮俄滉瀁之

無依圓方混而不形兮顥純白之霏霏上莊洭而無星

辰兮下不見兮水陸若有鈇余以往路兮馭儗儗以回

藜羹兮跛蹩勃以揚氣空廬頹而不理兮翳立木之榛

榛塊窀老以淪放兮匪魑魅吾誰鄰仲尼之不惑兮有

垂訓之譽言孟軻四十乃始持心兮猶希勇乎黝黃顧

余質愚而齒減兮且觸禍以陥身知徙善而革非兮又

何懼乎今之人憶禹績之勤備兮曾莫理夫玆川救周

之廓大兮南不盡夫衡山余囚楚越之交極兮邈離絕

平中原壞汙潦以墳洳兮蒸沸熱而恒負戲兒鶴乎中

庭芳蕙葹生於堂廷兮雄虺蓋形於木杪兮短孤伺景於

深淵仰矜危而俯慄兮弭日夜之拳攣慮吾止之莫保

兮泰伐德之元醇孰眇軀之敢愛兮竊有繼乎古先明

神之不欺余兮庶激烈而有聞冀後害之無辱兮匪徒

117

閔吾生之險阨兮紛喪志以逢尤氣沈欝以杳眇兮隮
浪浪而常流膏液竭而枯居兮魄離散而遠遊言不言
而莫余白兮雖遑遑欲焉求合喙而隱志兮幽黙以侍
盡爲與世而忤繆兮固離披以顚隕駜驥之乗厚兮驕
駝以爲騁玄虬蹏泥兮畏避黿鼉行不容之峥嶸兮質
魁壘而無所隱鱗介搞以橫陸兮鴟嘯群而麗吻心沱
抑以不舒兮形低摧而自愁肆余目於湘流兮望九騩
之垠浪波滔溢以不返兮蒼梧欝其葦雯重華幽而野
死兮世莫得其僞真屈子之情微兮抗危鯀以赴湍古
固有此極憤兮翔吾生之艱鞎列往則以考已兮搢斗
極以自陳登高嵓而企踵兮瞻故邦之殽轉山水浩以

貪食而盜名兮不混問於世也将顯身以直遂兮衆之
所宜藏也不擇言以危肆兮固羣禍之際也御長轅之
無撓兮行九折之戟戟抑驚掉以橫江兮泝凌天之騰
波幸余死之已緩兮完形軀之既多苟餘齒之有變兮
蹈前烈而不頗死蠻夷固吾所兮雖顯寵其焉加配大
中必為偶兮諒天命之謂何

閔生賦第三十八

晁氏曰閔生賦者柳宗元所作也宗元雅善屬
在江嶺間貽書言情泫元宗元興四五子
洗以進興四五子者人綸陷妍此邪末態盡此困事當云甫
愉以是進興四五子者人綸陷妍此邪末正海內皆欲居治怡
平然身為煩人之類謂猶有少恥雖末在困蓋此事當云甫
叔文革為罪人之類謂猶有少得耶末態盡此事當云甫
昔文革為罪人之類謂猶有少得耶末態盡此事當云甫
志以綵連尤蓋自以生之閔吾生之不幸喪之志而為兮此纷喪

芳類麤麤之不息凌洞庭之洋洋兮沂湘流之汎汎飄

風擊以揚波兮舟攡抑而廻遭日靄曈以眛幽兮黝雲

涌而上屯暮屑寠以溢雨兮聽敷嗷之哀猨眾鳥羣而

啾號兮瀄洲渚以連山漂遙逐其誹止兮逝莫屬余之

形魂攢葉奔以紆委兮束澒湧之崩湍畔尺進而尋退

芳溢洄汩手淪漣際窮冬而止居兮羈纍禁以縈纏哀

吾生之孔艱兮循凱風之悲詩通天而降酷兮不亟

死而生為逾再歲之寒暑兮猶貿貿而自持將淲淵而

隕命兮詿蔽罪以塞禍惟滅身而無後兮顧前志猶未

可進路呀以劃絶兮退伏匿又不果為孤囚以終世兮

長拘攣手而轗軻曩余志之偹騫兮令何為此戾也夫豈

114

則殆兮過則失貞謹守而中兮與時偕行萬類芸芸兮

率由以寧剛柔弛張兮出入編經登熊柳枉兮白黑濁

清蹈乎大方兮物莫能嬰奉計謨以植內兮欣余志之

有獲再徵信乎策書兮謂炯然而不惑愚者果於自用

兮惟懼夫誠之不一不顧慮以周圖兮專茲道以為服

讒妬構而不戒兮猶斷斷於所執哀吾黨之不淑兮遭

任遇之辛迫勢危巇而多詠兮逢天地之否備欲圖退

而保已兮惜乖期乎曩昔欲操術以致忠兮衆呀然而

互嚇進興退吾無歸兮甘脂潤乎鼎鑊韋皇鑒之明宥

兮纍郡印而南適惟罪大而寵厚兮宜夫重仍乎禍謫

既明懼乎天討兮又幽標乎鬼責惶惶乎夜寤而晝駭

後語五

三

昆

宗元氏曰懲咎賦者柳宗元之所作也貞元十九年

貟誼用事二人欲大用之奇其術引納禁中興計議擢禮部

七人俱史以卒初宗元為竄求州州司馬元和十年

一寓於文有懲咎騷數十篇懲咎悔之君子欲成

苟餘齒之

讀而悲之者

懲咎愬以本始艱非余心之所求處罪汙以閔世

固前志之為尤始余學而觀古怪今昔之異謀惟聰

明為可考追駿步而遨游竊誠之既信直仁友藹

而莘之日施陳以繫麾邀堯舜與之為師上睢肝而

混茫下駁詭懷私旁羅列以交貫求大中之所

冝曰道有象而無其形推薆乘時與志相迎不及

112

賣貝號風雷巨黿領首立山頹猖狂震競翻九垓君不

返芳靡以摧咨海賈兮君胡樂出幽險而疾平夷恟駭

愁苦而以忘其歸上黨易野恬以暑踞躁壓土堅无虞

岐路脉布彌九區出無八有百貨俱周游傲睨神自如

撞鍾擊鮮恣歡娛君不返兮欲誰須膠漆得聖神鹽薑

范子去相安陶朱呂氏行賈南面孤弘羊心計登謀謨

寰臨大冶九卿居祿秩山委收國租賢智走諸爭下車

逍遙縱傲世所趨君不返兮謐為愚咨海賈兮賈尚不

可為而又海是圖死為險魄芳生為貪夫亦獨何樂哉

歸来兮寧君軀

懲咎賦第三十七

下上飄鼓騰趨嶢嶬兮萬里一觀兮入泓坳兮視天若
宙本螭出抃兮翔鵬振舞天吳九首兮更笑迷怒垂涎
閃杳兮揮霍旁午君不返兮終為虜黑齒棧齵鱗文肌
三角駢列耳離披反斷义牙踦嶽崖蛇首狶鬣虎豹皮
群沒互出謹遨嬉臭腥百里霧雨瀰君不返兮以充飢
弱水蓄縮其下不極投之必沉負羽無力鯨鯢旋畏溪
嵬嵬君不返兮卒自賊怪石森立溯重淵高下潎置
滷危顛崩濤搜疏剡戈鋋君不返兮春況顛其外大泊
泙瀋淪終古廻薄旋天垠八方易位更錯陳君不返兮
亂星辰東極傾海流不屬海泯泯超忽紛盪沃殆而一跌
兮沛入湯谷舳艫霏鮮梢若木君不返兮魂焉薄海若

楚辭後語卷第五

招海賈文第三十六

招海賈文者唐柳州刺史柳宗元之所作也晁氏曰招海賈不遇於楚傍徨無所依欲乗雲騎之龍所遊八極以死極以自廣而不可得然欲乗雲騎之龍所遊八方以死廣而可倍魚龍神祇國尾於遂作

怪不可為禍為而又執浮與於上黨崎嶇而出入死而不言君賈楚國尚神祇國尾於遂作

之樂者招之海賈文雖變其義盖取諸此皆也若賈楚國尚

豹者物之神離後已志四方而不可下無所往又有報國兒不復可樂我不如

怪不可為禍為而又執浮與於海大伯齋論八方易死而質而可倍魚龍神

已故郷常產之樂亦以謂諷世之士行速而不復微幸不

倏如命云易

咨海賈兮君胡以利易生而卒離其形大海盪泊兮顛

倒日月龍魚傾側兮神怪頤突滄茫無形兮往來遰率

陰陽開闔兮氣霧瀁瀁君不返兮逝悅惚舟航軒昂兮

作

龜之氣兮不能雲雨龜之拚兮不中梁柱龜之大兮秖

以奄魯知將隳兮衰莫余伍周公有思兮嗟余歸輔

拘幽操文王姜里作

夜不見月與星有知無知兮為死為生鳴呼臣罪當誅

目窅窅兮其凝其盲耳肅肅兮聽不聞聲朝不日出兮

兮天王聖明

殘形操魯子夢見一狸不見其首作

有獸維狸兮我夢得之其身孔明兮而頭不知吉凶何

為兮覺坐而思巫咸上天兮識者其誰

楚辭後語卷第四

蛟結蟠我民報事兮無怠其始自今兮欽于世世

琴操第三十五

晁氏曰琴操者韓愈之所作也愈博學群書奇辭奧旨無不取諸室中物以其所作洪博能紹故能為奇辭此詮

其也夫孔子即興幽而恕而不言最近離騷操師弦歌之本古之詩遠然則後之欲為者吳

名者蓋衍至復於約其猶近騷驟離驟之詩賦同出欲而為異

幽以騷近慹韓約删六首者詩取也其

將歸操孔子之趙聞殺鳴犢作

秋之水兮其色幽幽我將濟兮不得其由涉其淺兮石
齧我足兮乘其傑兮龍入我舟我濟兮而悔兮將安歸兮歸
兮歸兮無與石闕兮無應龍求

龜山操孔子以李桓子受齊女樂諫不從望龜山而

享羅池第三十四

羅池者韓愈之所作也愈善柳宗
元為柳州刺史且死語其所
常與遊者曰吾亡祝
我氏曰享羅池明年吾當死死而為神若讖敎
此興若箐而殁相為好也羅池神且能動柊死
我如期而殁神且能動柊死而響愈為神若
為名以實其事自唐史臣非之夫神愈弔知孔之子
延不語雖然此事非銘羅史池神之文也神愈弔宗元之

荔子丹兮蕉黃雜肴蔬兮進侯之堂侯之船兮兩旗渡中
流兮風伯之待侯不来兮不知我悲侯乘駒兮入廟慰
我民兮不嚬以笑鵝之山兮柳之水桂樹團團兮白石
齒齒侯朝出游兮暮来歸春與猿吟兮秋鶴與飛壯方
之人兮為侯是非千秋萬歲兮侯無我違福我兮壽我
驅厲鬼兮山之左下無苦濕兮高無乾秔秫充羨兮蛇

106

龍西公而終不姓後裴度亦自謂度知已然度亦

大率不得大柄雖有名如世不知橫之故好士天下將

人有賢者至於五百

事有曠百世而相感者余不自知其何心非今世之所

稀飢為使余歔欷而不可禁余既博觀乎天下昌有庶

幾乎夫子之所為死者不復生嗟余去此其後誰當養

氏之敗亂得一士而可王何五百人之擾擾而不能脫

夫子於鈎鎈抑所實之非賢亦天命之有常昔閣里之

多士孔聖亦云其遑遑苟余行之不迷雖顛沛其何傷

自古死者非一夫子至今有耿光慰陳辭而薦酒魂髣

驥而來享

雲不得止睗烏之亡兮念此下民閔其光兮不闔其神
嗟風伯兮其獨謂何我於爾兮豈有其他求其時兮修
祂事羊甚肥兮酒甚旨食足飽兮飲足醉兮風伯之怒兮
誰使雲屏屏兮吹使饟之氣將交兮吹使窮之鑠之使
氣不得化塞之使雲不得施嗟爾風伯欲逃其罪其又
何辭上天孔明兮有紀有綱我今上訟兮其罪誰當天
誅加兮不可悔風伯雖死兮又誰汝傷

弔田橫文第三十三

晁氏曰弔田橫者韓愈之所作也橫義高能得士而取酒祭不
為世知故行經橫墓感其義高慨然非今世之所見希張
為文以弔之南故其傷故時思古慨然非今世之所見希
安足之道荒故其言古慨然非今世之所見希張
為使余歘廠而不阿禁也又唐韋愈相如董晉亦未
足為言而晉為歡汴州總卷愈後事唐韋愈終於感遇語穗

而遷逐侶蟲蛇於海隅遇夫人之来使闢公館而羅羞

索微言於亂志發孤笑於群憂物何深而不鏡理何隱

而不抽始參差以異序卒爛漫而同流何此歡之不可

特遂駕馬而迴軷山磈磅其相軋樹翁翁其相摎兩浪

浪其不止雲浩浩其常浮知来者之不可攻數衰去此

而無由倚郭郛而掩涕空盡日以遲留

訟風伯第三十二

泥曰訟風伯者轟愈之所作也導以諭時澤不

下泥流風以比小人宲為此屬雲以姓君子欲泄而

而不近詩援以夫有毘之義故繫之於此楚辞也

維玆之旱兮其誰之由我知其端兮風伯是尤山升雲

兮澤上氣雷輵車兮電搖幟雨霋濛兮將墜風伯怒兮

楚後語四

君子有失其所兮小人有得其時聊固守以静俟兮誠

不及古之人兮其焉悲

別知賦三十一

晁氏曰別知賦者韓愈之所作也愈為湖南市舶使與陽
山之明年則歲癸末也時之

使求勸上愛惠儀足以存智足又後之造以謀詩書六藝立事學熟以陽

足使其從群事實於是主謂非而巳以流聲實為邑長於朝也斯而以婿夫人宣州

李宜博其從崔群實於是主謂非而巳以聲實邑長於朝斯而以婿夫人宣州

是者別此為以賦揚不知與湖南序已熟之先後而復志閔已愈於

以自㤅地別故知

余取友於天下將歲行之兩周下何浑之不即上何高

之不求紛擾擾其既多咸喜能而好修寧安顯而獨裕

顧陀窵而共愁惟知心之難得斯百一而為收歲癸末

子猾失其所

靜儒俟之義以皲趴小人有得其時蓋思古人

余悲不及古之人兮伊時勢而則然獨閔閔其昌已兮

憑文章以自宣昔顏氏之庶幾兮在隱約而平寬固揭

人之細事兮夫子乃嗟嘆其賢惡飲食于陋巷兮亦足

以順神而保年有至聖而為之依歸兮又何不自得於

艱難曰余昏昏其無類兮望夫人其已還行卅檝而不

識四方兮涉大水之漫漫勤祖先之所貽兮勉汲汲於

前脩之言雖舉足以蹈道兮哀與我者為誰眾皆捨而

已用兮忽自惑其是非下土茫茫其廣大兮余壹不知

其可懷就水草以休息兮恒未安而既危久拳拳其何

故兮亦天命之本宜惟否泰之相極兮咸一得而一違

芳顏垂歡而愉愉仰盛德以安窮芳又何忠之能輸昔
余之約吾心芳誰無施而有獲媒貪佞之溝濁芳曰吾
其既勞而後食懲此志之不脩芳愛此言之不可忘情
悒悵以自失芳心無歸之茫茫苟不内得其如斯芳孰
與不食而高翔抱關之阨陋芳有肆志之揚揚伊尹之
樂於畎畝芳焉富貴之能當恐誓言之不固芳斯自訟
以成章往者不可復芳冀來今之可望

閔巳賦第三十

寧宗曰閔巳賦者韓愈之所作也愈鯁直稱後愈去汴州依上武
寧張逮封碑府推薦官以鯁直稱憲宗召為博士宗怒賜陽山稍
遷職方貞元十八年坐論柳閒事復為博士才高數黜官頤自傷
其君不遇故此賦云就水草以休息芳恒未安而既傷庵其君不
遇故此賦云就水草以休息芳恒未安而既傷庵其君不

100

而附勢芳紛變化其難推全純愚以靖慮芳將與彼而

異宜欲奔走以及事芳顧初心而自非朝騑鶩乎書林

芳夕翺翔乎藝苑諒却歩以圖前芳不浸近而逾遠京

白日之不與吾謀芳至今十年其猶初豈不登名於一

科芳曾不補其遺餘進既不穫其志顏芳退將逎而窮

居排國門而東出芳慨余行之舒舒時憑高以廻顧芳

潺泣下之交如戾洛師而悵望芳聊浮遊以躊躇假大

龜以視兆芳求幽貞之所廬甘潜伏以老死芳不顯著

其名譽非夫子之洵義芳吾何為乎浚之都小人之懷

惠芳猶知戲其至愚固余異於牛馬芳寧止乎飲水而

求芻伏門下之黙黙芳竟歲年以康娛時乘間以穫進

居悒悒之無解兮獨長思而永歎豈朝食之不飽兮寧
冬裘之不完昔余之既有知兮誠坎軻而艱難當歲行
之未復兮後柏氏以南遷凌大江之驚波兮過洞庭之
漫漫至曲江而乃息兮逾南紀之連山羌日月其幾何
兮攜孤嫠而北旋值中原之有事兮將就食於江之南
始專專於講習兮非古訓為無所用其心寬前脩之逸
迹兮超孤舉而幽尋既識路又疾驅兮孰知余力之不
住考古人之所佩兮閱時俗之所服忽忘身之不肖兮
謂青紫其可拾自知者為明兮故吾之所以為惑擇吉
日余西征兮亦既造夫京師君之門不可迸而入兮遂
後試於有司兮惟名利之都府兮羌衆人之所馳競乘時

然他語殊不近故不得取而獨来此篇亦以為氣

雖淺短而意差健云

目賓賓兮下山望佳人兮不還花落兮屋上草生兮階

間白日兮春風芳菲兮欲歇老不可兮更少君何為兮

輕別

復志賦第二十九

云晁氏曰復志西公賦平者

也退休于隴西之作晉死自志賦以唐徙隴西考云

伏宣誅武德李宗萬榮詔輔直明造年則惟貞恭謀亢亂十二晉覽也蓋

軍受命安不愈召兵叙

志幼學既壯而欲去未思可復云

許州文公韓愈之所作也其自晉叔

以其明年七月有頁薪之自晉

初貞元十一年蓋一董年晉

隴西公武軍始奉愈觀察推歸官朝廷

邏以元十一年愈自京傷師

97

坎坎擊鼓魚山之下吹洞簫兮摼浦女巫進紛屢舞陳
瑤席湛清酷風凄凄兮夜雨神之來兮不來使我心兮
苦復苦紛進拜兮堂前目眷眷兮瓊蹉來不語兮蹇欲
傅作暮雨兮悲空山悲急管思繁絃靈之駕兮儼欲旋
候雲收兮雨歇山青青兮水潺湲

日晚歌第二十八

日晚歌者唐著作郎顧況之所作也況詩有集然
皆不及其見於韋應物詩集者之勝歸來子録其
夢語三章以為可與王維相上下予讀之信然
其朝上清者有曰和為舟兮靈為馬因乘之觴于
瑤池之上兮三光羅列而在下則意非維所能及

解印兮綬後何詹尹兮可卜

山中人兮欲歸雲冥冥兮雨霏霏水驚波兮聲管隺白

鷺忽兮翻飛君不可兮褰衣山萬重兮一雲混天地兮

不分樹驄朧兮氣氳猱不見兮空聞忽山西兮夕陽見

東皋兮遠村平蕪綠兮千里眇惆悵兮思君

望終南第二十六

望終南者王維之所作也

晚下兮紫微帳塵事兮多達逵酒尚兮雙樹望青山兮

不歸

魚山迎送神曲第二十七

魚山迎送神曲者王維之所作也

思不徕兮空自傷心慅勞兮意惶懷思假寐兮羨皇乘

長風兮上征揖元極兮本深寶餐至和兮永終日

山中人第二十五

山中人者唐尚書右丞王維之所作也維以詩名

開元間遭祿山亂陷賊中不能死事平復幸不誅

其人既不足言詞雖清雅亦萎弱少氣骨獨此篇

興望終南迎送神為勝云

山寂寂兮無人又蒼蒼兮多木羣龍兮滿朝君何為兮

空谷文寡和兮思深道難知兮行獨悅石上之流泉興

松間兮草屋人雲中兮養難上山頭兮抱犢神輿秦兮

如瓜兮賣否兮收穀媿不才兮妨賢嫌既老兮貪祿誓

夔蹄於風塵哭何苦而救楚笑何誇而却秦吾誠不能

學二子沽名矯節以耀世兮固將棄天地而遺身白鷗

兮飛來長與君兮相親

引極第二十四

引極者唐容管經略使元結之所作也歸來子曰

結性耿介有憂道閔俗之意天寶之亂或仕或隱

自謂與世聱牙故其見於文字者亦沖澹而隱約

譬古鐘磬不諧於里耳而詞義幽邈玩之儵然若

有塵外之趣云

天曠漭兮杳泱莽氣浩浩兮色蒼蒼上何有兮人不測

積清寥兮成元極彼元極兮靈且異思一見兮巍難致

嘈霜崖縞皓以含沓兮若長風扇海湧滄溟之波濤玄
猿綠羆舔敚兮危呃柯振石該膽慓鼉群呻而相號峰
崢嶸以路絕挂星辰於巖敧送君之歸兮動鳴皋之新
依交鼓吹兮彈綠觴清泠之池閣君不行兮何待若返
顧之黃鶴掃梁園之群英振大雅於東洛巾征軒兮歷
阻折尋幽居兮越巇嶙盤白石兮坐素月琴松風兮寂
萬聲墜不見兮心氛氳薶冥冥兮霰紛紛水橫洞以下
淥波小聲而上聞虎嘯谷而生風龍藏谿而吐雲寰鶴
清喉飢羆頻呻塊獨處此幽默兮愀空山而愁入雞聚
族以爭食鳳孤飛而無鄰蝘蜓嘲龍魚目混珍摸母衣
錦西施頁薪若使巢由棲枯於軒晃兮亦奚異乎蘷龍

內能復幾時曷不委心任去留胡為遑遑欲何之富貴
非吾願帝鄉不可期懷良辰以孤往或植杖而耘耔登
東皋以舒嘯臨清流而賦詩聊乘化以歸盡樂夫天命

復哭疑

鳴皋歌第二十三

鳴皋歌者唐翰林供奉李白之所作也白天才絕
出尤長於詩而賦不躲及魏晉獨此篇近楚辭然
歸来子猶以為白才自逸蕩故或離而去之者亦

為知言云

若有人兮思鳴皋阻積雪兮心煩勞洪河凌兢不可以
徑度冰龍鱗兮難容舠邈仙山之峻極兮聞天籟之嘈

91

覺今是而昨非舟遙遙以輕颺風飄飄而吹衣問征夫

以前路恨晨光之熹微乃瞻衡宇載欣載奔童僕歡迎

稚子候門三徑就荒松菊猶存携幼入室有酒盈樽引

壺觴以自酌眄庭柯以怡顏倚南牎以寄傲審容膝之

易安園日涉以成趣門雖設而常關策扶老以流憩時

矯首而遐觀雲無心以出岫鳥倦飛而知還景翳翳以

將入撫孤松而盤桓歸去來兮請息交以絕游世與我

而相遺復駕言兮焉求悅親戚之情話樂琴書以消憂

農人告余以春及將有事乎西疇或命巾車或棹孤舟

既窈窕以尋壑亦崎嶇而經丘木欣欣以向榮泉涓涓

而始流善萬物之得時感吾生之行休已矣乎寓形宇

歸去来辭第二十二

歸去来辭者晉處士陶潛淵明之所作也潛有高
志遠識不能俯仰時俗嘗為彭澤令督行縣且
至吏白當束帶見之潛歎曰吾安能為五斗米折
腰向鄉里小兒耶即日解印綬去作此詞以見志
後以劉裕將移晉祚耻事二姓遂不復仕宋文帝
時特徵不至卒諡靖節徵士歐陽公言两晉無文
章幸獨有此篇耳然其詞義夷曠蕭散雖託楚聲
而無其尤怨切戚之病云
歸去来兮田園將蕪胡不歸既自以心為形役奚惆悵
而獨悲悟已往之不諫知来者之可追實迷途其未遠

之可任馬軒檻以遙望兮向北風而開襟平原遠而極

目兮蔽荆山之高岑路逶迤以脩迥兮川既漾而濟深

悲舊鄉之壅隔兮涕橫墜而弗禁昔尼父之在陳兮有

歸歟之歎音鍾儀幽而楚奏兮莊舄顯而越吟人情同

於懷土兮豈窮達之異心惟日月之逾邁兮俟河清乎

其未極冀王道之一平兮假高衢而騁力懼匏瓜之徒

懸兮畏井渫之莫食步棲遲以徙倚兮白日忽其將匿

風蕭瑟而並興兮天慘慘其無色獸狂顧以求羣兮鳥

相鳴而舉翼原野闃其無人兮征夫行而未息心悽愴

以感發兮意忉怛而憯惻循階除而下降兮氣交憤於

胷臆夜參半而不寐悵盤桓以反側

楚辭後語卷第四

登樓賦第二十一

登樓賦者魏侍中王粲之所作也歸來子曰粲詩

有古風登樓之作去楚詞遠又不及漢然猶過曹

植潘岳陸機愁詠閑居懷舊眾作蓋魏之賦極此

矣

登茲樓以四望兮聊假日以銷憂覽斯宇之所處兮實

顯敞而寡仇挾清漳之通浦兮倚曲沮之長洲背墳衍

之廣陸兮臨皋隰之沃流北彌陶牧西接昭立華實蔽

野黍稷盈疇雖信美而非吾土兮曾何足以少留遭紛

濁而遷逝兮漫踰紀以迄今情眷眷而懷歸兮孰憂思

弓子西毋東苦我怨氣兮浩於長空六合雖廣兮受之

應不容

楚辭後語卷第三

十六拍兮思茫茫　我與兒兮各一方　日東月西兮徒相
望不得相隨兮空斷腸　對萱草兮憂不忘　彈鳴琴兮情
何傷今別子兮歸故鄉　舊怨平兮新怨長　泣血仰頭兮
訴蒼蒼胡為生我兮獨罹此殃
十七拍兮心鼻酸　關山阻脩兮行路難　去時懷土兮心
無緒來時別兒兮思漫漫　塞上黃蒿兮枝枯葉乾沙場
白骨兮刀痕箭瘢　風霜凛凛兮春夏寒　人馬飢豗兮筋
力單豈知重得兮入長安歎息欲絕兮淚闌干
胡笳本自出胡中緣琴翻出音律同十八拍兮曲雖終
響有餘兮思無窮　是知絲竹微妙兮均造化之功哀樂
各隨人心兮有變則通　胡與漢兮異域殊風天與地隔

足難移覩消影絶兮恩愛遺十有三拍兮絃急調悲肝

腸攪刺兮人莫我知

身歸國兮兒莫知隨心懸懸兮長如飢四時萬物兮有

盛衰唯我愁苦兮不暫移山高地闊兮見汝無期更深

夜蘭兮夢汝來斯夢中執手兮一喜一悲覺後痛吾心

兮無休歇時十有四拍兮涕淚交垂河水東流兮心是

思

十五拍兮節調促氣塡胸兮誰識曲處窮廬兮偶殊俗

願得歸來兮天後欲再還漢國兮歡心足心有懷兮愁

轉深日月無私兮曾不照臨子母分離兮意難任同天

隔越兮如商參生死不相知兮何處尋

我非貪生而惡死不能捐身兮心有以生仍冀得兮歸
桑梓死當埋骨兮長已矣日居月諸兮在我壘胡人寵
我兮有二子鞠之育之兮不羞恥閔之念之兮生長邊
鄙十有一拍兮因茲起哀響纏綿兮徹心髓
東風應律兮暖氣多知是漢家天子兮布陽和羌胡蹈
舞兮共謳歌兩國交懽兮罷兵戈忽遇漢使兮稱近詔
遣千金兮贖妾身喜得生還兮逢聖君嗟別稚子兮會
無因十有二拍兮哀樂均去住兩情兮誰具陳
不謂殘生兮却得旋撫抱胡兒兮泣下沾衣漢使迎
我兮四牡騑騑號失聲兮誰得知與我生死兮逢此時
愁為子兮日無光輝焉得羽翼兮將汝歸一步一遠兮

為天有眼兮何不見我獨漂流為神有靈兮何事處我
天南海北頭我不負天兮天何配我殊匹我不負神兮
神何殛我越荒州製兹八拍兮擬俳優何知曲成兮心
轉愁

天無涯兮地無邊我心愁兮亦復然人生倏忽兮如白
駒之過隙然不得歡樂兮當我之盛年怨兮欲問天天
蒼蒼兮上無緣舉頭仰望兮空雲煙九拍兮懷情兮誰與
傳

城南烽火不曾滅疆場征戰何時歇殺氣朝朝衝塞門
胡風夜夜吹邊月故鄉隔兮音塵絶哭無聲兮氣將咽
一生辛苦兮緣別離十拍悲深兮淚成血

成兮益悽楚

鴈南征兮欲寄邊聲鴈北歸兮為得漢音鴈飛高兮邈

難尋空斷腸兮思憒憒攢眉向月兮撫雅琴五拍泠泠

兮意彌深

冰霜凛凛兮身苦寒飢對肉酪兮不能餐夜聞隴水兮

聲嗚咽朝見長城兮路杳漫追思往日兮行李難六拍

悲來兮欲罷彈

日暮風悲兮邊聲四起不知愁心兮說向誰是原野蕭

條兮烽成萬里俗賤老弱兮必壯為義逐有水草兮安

家聳壘牛羊滿野兮聚如蜂蟻草盡水竭兮羊馬皆從

七拍流恨兮惡居於此

怨兮無人知

戎羯逼我兮為室家將我行兮向天涯雲山萬重兮歸

路遐疾風千里兮風揚沙人多暴猛兮如虺蛇控弦被

甲兮為矯奢兩拍張絃兮絃欲絕志摧心折兮自悲嗟

越漢國兮入胡城亡家失身兮不如無生氈裘為裳兮

骨肉震驚羯羶為味兮枉過我情鞞鼓喧兮從夜達明

胡風浩浩兮暗塞營傷今感昔兮三拍成銜悲畜恨兮

何時平

無日無夜兮不思我鄉土稟氣含生兮莫過我最苦天

災國亂兮人無主唯我薄命兮沒戎虜殊俗心異兮身

難處嗜慾不同兮誰可與語尋思涉歷兮多艱阻四拍

80

哀怨發中不能自已之言要為賢於不病而伸吟
者也范史乃棄不錄而獨載其悲憤二詩二詞
意淺促非此詞比眉山蘇公已辯其妄矣蕭宗文
下固有不警歸来子祖屈而宗蘇亦未聞此何邪
琰失身胡虜不能死義固無可言然猶能知其可
耻則與楊雄反騷之意又有間矣今錄此詞非怨
琰也亦汉芯雄之惡云爾

我生之初尚無為我生之後漢祚衰天不仁兮降亂離
地不仁兮使我逢此時干戈日尋兮道路危民卒流亡
兮共哀悲煙塵蔽野兮胡虜盛志意乘兮義節虧對殊
俗兮非我宜遭惡辱兮當告誰笳一會兮琴一拍心憤

楚辭後語三

人似禽兮食臭腥言兜離兮狀窈傳歲聿暮兮時邁征
夜悠長兮禁門扃不能寐兮起屏營登朝殿兮臨廣庭
玄雲谷兮翳月星此風鴈兮蕭泠泠胡笳動兮邊馬鳴
孤鴈歸兮聲嚶嚶樂人興兮彈琴箏音相和兮悲且清
心吐思兮匈憤盈欲舒氣兮恐彼驚含哀咽兮涕沾頸
家既迎兮當歸寧臨長路兮捐所生兒呼母兮嘷失聲
我掩耳兮不忍聽追持我兮走煢煢頓復起兮毀顏形
還顧之兮破人情心怛絕兮死復生

胡笳第二十

胡笳者蔡琰之所作也東漢文士有意於騷者多
矣不錄而獨取此者以為雖不規規於楚語而其

可階仙夫希柏舟惸惸客不飛松喬高跱孰離結精

遠遊使心攜回志竭來従玄謀獲我所求夫何思

悲憤詩第十九

詩者漢中郎蔡邕女琰之所作也琰
為衛仲道妻遭亂為胡騎所獲後於南匈奴左
賢王者十二年為生二子曹操素善邕其無後
以金璧贖之而重歸於董祀琰自傷失節而

予獨伈俿此鮮

嗟薄祜兮遭世患宗族殄兮門戸單身執略兮入西關

歷險阻兮之羌蠻山谷眇兮路曼曼眷東顧兮但悲歎

冥當寢兮不餱安飢當食兮不餱餐常流涕兮皆不乾

薄志節兮念死難雖苟活兮無形顔惟彼方兮遠陽精

陰氣凝兮雪夏零沙漠雍兮塵冥冥有草木兮春不榮

繞余輪風眇眇兮震余旟繽聯翮兮紛暗曖候眩眩兮
反常閒收疇昔之逸豫兮卷淫放之遊心脩初服之婆
娑兮長余珮之參參文章煥以粲爛兮美紛紜以後風
御六藝之珍駕兮遊道德之平林結典籍而為晉兮歐
儒墨而為禽玩陰陽之變化兮詠雅頌之徽音嘉曾氏
之歸耕兮慕歷陵之欽崟共凤昔而不貳兮固終始之
所服也夕惕若屬兮懼余身之未敕也苟中情
之端直兮莫吾知而不惡墨無為以凝志兮與亡義乎
逍搖不出戶而知天下兮何必歷遠度以勤勞兮系曰天長
地久歲不留俟河之清祗懷憂願得遠度以自娛上下
無常窩六區趍踰騰躍絕世俗飄飆神舉逞所欲天不

變後語三

閶闔命王良堂策駟兮踰高閣之鏘鏘建閶車之幕幕
兮獵青林之芒芒驚威弧之撥剌兮射嶓冢之封狼觀
壁壘於止落兮伐河鼓之磅礴乘天潢之況況兮浮雲
漢之湯湯徛招搖攝提以低回剗流兮案二紀五緯之
綱繆遁皇偓塞天矯娥以連卷兮雜沓叢頜颯以方驤
藏汨飀庲沛以囧象兮爛熳麗靡纇以迭邊淩驚雲之
硫礚兮弄狂電之滛裔齡尾頏於宕寅兮貫倒景而高
罵廓漫漫其無涯兮乃今窺乎天外撓開陽而頒盼兮
臨舊鄉之晴鵲悲離居之勞心兮情悄悄而思歸魂兮
春而屢顧兮馬倚輈而徘徊雛遨遊以媮樂兮豈愁慕
之可懷出閭闍兮降天塗秉颷忽兮馳虛無雲霏霏兮

罗兮其映蓋兮佩紲纚以輝煌僕夫儼其正策兮八乘

憊而趒躟氛庬溶以天旋兮蜿旌飄而飛揚撫軒軡而

遝睨兮心灼藥其如湯羨上都之赫戲兮何迷故而不

忘左青琱以捷芝兮右素威以司鉦前長離使拂羽兮

委水衡乎玄冥屬箕伯以函風兮澂漎湎而為清曳雲

旗之離離兮鳴玉鸞之譻譻言瀓清霄而升遐兮浮蔑蒙

而上征紛翼翼以徐戾兮炎回回其揚靈叫帝閽使闢

扉兮覿天皇于瓊宮聆廣樂之九奏兮展洩洩以彤彤

考理亂於律鈞兮意建始而思終惟盤逸之無斁兮懼

樂往而哀來素撫弦而餘音兮大容吟曰念哉既防溢

而靜志兮迫我朕以翱翔出紫宮之蕭蕭兮集大微之

歌歌曰天地烟煴百卉含蘤鳴鶴交頸鳸鳩相和處子
懷春精魂回移如何淑明忘我實多將答賦而不暇兮
爰整駕而丞行瞻崑崙之巍巍兮臨縈河之洋洋伏靈
龜以貟抵兮豆蠣龍之飛梁登閬風之曾城兮樓不死
而為沐屑瑤縈以為糇兮酬白水以為漿拝巫咸以占
夢兮延貞吉之元符滋令德於正中兮含嘉秀以為敷
既垂頴而顧本兮爾要思乎故居安和静而随時兮姑
純懿之所廬戒庶寮以凤會兮僉恭職而並迓豐隆兮輕
其震霆兮列鈇燁其照夜雲師虉以交集兮涷兩沛其
灑塗轊絧輿而樹旂兮擾應龍以服軲百神森其備後
兮虵騎羅而星布振余袂而就車兮偹劍揭以低昂冠

絡於四裔兮斯與彼其何遼壑寒門之絕垠兮縱余緤
乎不周迅飇瀟其朕我兮驚翩飄而不禁趨嶜唈之洞
穴兮標通淵之磷磷経重陰乎寂寞兮愍羊之潜深
追慌忽於地底兮軹無形而上浮出右家之闇野兮不
識蹊之所由速燭龍令執炬兮過鍾山而中休瞰瑤豁
之赤岸兮弔祖江之見劉聘王母於銀臺兮羞玉芝以
療飢戴勝愁其既歡兮又謁余之行逞載太華之玉女
兮召洛浦之宓妃咸姣麗以盡媚兮增嫣服而娥眉舒
姝婧之纖腰兮揚雜蠟之袿徽離朱唇而微笑兮顏的
遲以遺光扈環琨與興繡兮申厭好以玄黃錐色豔而
賂義兮志浩蕩而不嘉雙材悲於不納兮並詠詩而淸

72

識兮翔幽冥之可信母綿蔓以滓巳兮思百憂以自疚
彼天監之孔明兮用茈恍而佑仁湯蠲體以禱祈兮蒙
庵襜以拯人景三歷以營國兮燮惑次於他展魏顆亮
以後理兮鬼充回以赦秦咎繇邁而種德兮樹德茂乎
英六桑末寄夫根生兮卉既彫而已毓有無言而不饑
兮又何徃而不復盡迹以飛聲兮孰謂時之可蓄仰
矯首以進望兮魂懣惆而無傳偪區中之隘陋兮將此
度而宣遊行積冰之礚礚兮清泉洹而不流寒風淒而
永至兮拂窅岫之騷騷玄武縮於殼中兮騰蛇蜿而自
斜魚矜鱗而并淩兮鳥登木而失條坐太陰之屏室兮
慨含欷而增愁怨高陽之相寓兮曲顙頊而宅幽庸織

韓後語三

天道其焉如曰近信而遠難兮六籍闕而不書神遠昧
其難覆兮疇克謨而後諸牛哀病而成虎兮雖逢昆其
兮雖司命其不晰寶號行於代路兮後贗祐而繁廡王
必噬黿令壇而尸亡兮取蜀禪而引世死生錯而不齊
肆後於漢廷兮卒衡愠而絕緒尉庀眉而郎潛兮逮（三
葉而遷武董弱冠以司袞兮設王隧而弗處夫吉凶之
相仍兮恒反側而靡所穆負天以悅牛兮豎亂叔而幽
主文斷祛而尽伯兮閽謁賊而寧右通人間於好惡兮
豈愛惑之能剖嬴摘讒而戒胡兮備諸外而發內或蠶
而違車兮孕產而為對慎竈顯於言天兮占水火
賄而安誶梁叟患夫黎立兮丁屈子而事刃親所睹而弗

孤魂愁蔚蔚以慕遠兮越邛州而愉教躋日中于昆吾
兮愬炎天之所陶揚芒爍而絳天兮水泫泫而涌濤溫
風翕翕其增熱兮愬爵邑其難聊顑頷羈旅而無交兮余安
能乎留兹顧金天而歎息兮吾欲往乎西嬉前祝融使
舉麾兮繼朱鳥以承旗躍建木於廣都兮拓若華而躊
躇超軒轅於西海兮跨汪氏之龍魚間此國之千歲兮
曾烏足以娛余思九土之殊風兮從養乎收而遂徂玆神
化而蟬蛻兮朋精粹而為徒躡白門而東馳兮云合行
乎中野亂弱水之潺湲兮逗華陰之端渚號馮夷俾清
津兮權龍舟以濟予會帝軒之未歸兮悵相伴而延佇
叫河林之蓁蓁兮偉關雎之戒女黃靈詹而訪命兮摎

有故於玄鳥兮歸母氏而後寧占既吉而無悔兮簡元
辰而俶裝旦余沐於清原兮晞余髮於朝陽漱飛泉之
瀝液兮咀石菌之荒英翾鳥舉而魚躍兮將往走乎八
荒過少皥之窮野兮問三丘乎句芒何道真之淳粹兮
去穢累而票輕登蓬萊而容與兮鼇雖抃而不傾留瀛
洲而揀芝兮聊且樂乎長生總歸雲而遙逝兮夕余宿
禾兮穀崑崙之高岡朝吾行於湯谷兮後伯禹於稽山
集群神之輗王兮疾防風之食言指長沙以邪徑兮存
重華兮南隣哀二妃之未後兮翩儐處彼湘瀨流目顧
夫衡阿兮睹有黎之圮墳痛火正之無懷兮託山陂以

為鼇兮雜技藝以為珩昭練藻興雕琢兮瑋聲遠而彌

長淹棲遲以從欲兮燿靈忽其西藏恃已知而華予兮

鼘鷄鳴而不芳冀一年之三秀兮迺白露之為霜時兮疊

疊而代序兮時可與其比伉姹娉之難並兮相依韓

以流亡恐漸冉而無成兮留則藏著而不章心猶與而狐

疑兮即歧阯而撫情文君為我端著兮利飛遁以保名

歷衆山以周流兮翼迅風以揚聲二女感於崇岳兮或

冰泝而不營天蓋高而為澤兮誰云路之不平動自強

而不息兮躊王陛之嶢峥懼笙氏之長短兮鑰東龜以

觀禎遇九皐之介鳥兮怨素意之不逞遊塵外而瞥天

兮據冥殿翺而哀鳴鵰鶚競於貪林兮我脩絜以兹榮子

牙不羣而介立感鸞鳳之特棲兮悲淑人之稀合彼無

合其何傷兮患衆僞之冒眞旦獲讟于羣弟兮啓金縢

而乃信覽烝民之多辟兮畏立辟以危身曾煩妻以迷

或兮羌孰可與言已私湛憂而深懷兮思繽紛而不理

顑頷力以守義兮雖貧窮而不改執雕虎而試衆兮怗

焦原而跟止庶斯奉以周旋兮要既死而後已俗遷渝

而事化兮泯規矩之圓方珍蕭艾於重笥兮謂蕙茝之

不香斥西施而弗御兮覊要褭以服箱行陂辟而獲志

方循法度而離殊兮惟天地之無窮巧笑以干媚兮非余

抑操而苟容方譬臨河而無航欲巧笑以干媚兮非余

心之所嘗龔襲溫恭之黴衣兮披禮義之纁裳辮貞亮以

66

其毀己皆其目之衡乃誷對而出猶其危衡衡常
恩圖身之事以爲吉凶隱伏幽微難明延作恩玄

愻志以宣寄

仰先指之玄訓兮雖彌高其弗違匪仁里其焉宅兮匪
義迹其焉追潛服膺以永靚兮綿日月而不衰伊中情
之信脩兮慕古人之貞節鍊余身而順止兮遵繩墨而
不跌志團團以應膺兮誠心固其如結旌性行以制佩
兮佩夜光與瓊枝繢幽蘭之秋華兮又綴之以江蘺義
襞積以酷裂兮允塵邈而難虧既姱麗而鮮雙兮非是
時之收珍奮余榮而莫見兮播余香而莫聞幽獨守此
又陋兮敢忘皇而舍勤辛二八之遷虞兮喜傳說之生
毅尚前良之遺風兮恫後辰而無及何孤行之焭焭兮

65

楼兮　自續回兮宽　沸泣流兮崔蘭心結帽兮傷肝　虹蜺曜兮日嶽摩杏宾兮未開　入天兮鳥寧宽際絕兮誰語　仰天高兮痛

自列招上帝兮我案　呼　秋風為我唫浮雲為我陰會

吟嗟若是兮欲何留撫神龍兮攬其須　媚

自遊曠迥兮反亡期雄失據兮世我思　後

秋字

也

## 思玄賦第十八

思玄賦者漢侍中張衡之所作也　頹帝引
魏氏曰思玄賦者在惮怩詆謕左右嘗問衡天下所疾惡者宜宦懼

64

楚辭後語卷第三

絕命詞第十七

絕命詞者漢息夫躬之所作也躬以讒告東平王
雲祠祭祝詛事拜官封侯而雲坐誅死後又數上
疏論事語皆險謅竟以罪繫詔獄仰天大嘑絕咽
而死躬以利口作姦死不償責而此詞乃以發忠
忘身號于上帝甚矣其欺天也待以其詞高古似
賈誼故録之而備其本求如此又以見文人無行
之不足責云

玄雲泱鬱將安歸兮鷹隼橫厲鸞裴佪兮 泱鬱盛皃鷰鬱盛皃 鷹郎反

嫉飛也鸞神鳥也佪不得其神所也 矰若浮焱動則機兮叢棘棧棧曷可

此合於中庸矣尚何說哉且凡洪氏所以為辨者
三其一以為忠臣之行發其心之所不得已者而
不暇顧世俗之毀譽則幾矣其一引仲山甫審武
子事而不論其所遭之時所處之位有不同者則
踈矣其一欲以原少於三仁則夫父師小師者皆
以諫而見殺見囚耳洪氏補生以起死如原之所
為也盖原之所為雖遇而其患終於世間偷生幸
死者所可及洪之所言雖有求至而其正終非楚
固之非之徒所可比余是以取而附之反騷之篇

禛之推所云無異婆見童之見余故具論之

嗚呼余觀洪氏之論其所以發屈原之心者至矣

然屈原之心其為忠清潔白固無待於撝論而自

顯者其為行之不能無過則亦冰區區辯説所能

全也故君子之於人也取其大節之純全而畧其

細行之不能無弊則雖三人同行必有可師者

況如屈子乃千載而一人哉而孔子曰人之過也各

於其黨觀過斯知仁矣此觀人之法也夫屈原之

忠忠而過者也屈原之過過於忠者也哉論其者

論其大節則其他可以一切置之而不問況其細

行而必其合乎聖賢之榘度則吾固已言其不能

60

彼將肎然壹氣孔神考於中夜存靈以待之亐無爲
之光此老莊孟子所以大過人者而原獨知之司馬
相如作大人賦宏放高妙讀者有凌雲之意豈知其語
多出於兆至其妙處相如莫能識也大史公作傳以
爲其文約其辭微其志絜故其行廉其揚文小而其指
極大舉類通而見義遠其志絜故其行廉
故死而不容自䟽濯淖污泥之中以浮游塵埃之外
推此志也雖與日月爭光可也斯可謂深知巳者揚
子雲作反離騷以爲君子得時則大行不得時則龍
蛇遇不過命也何必沈身哉屈子之事蓋聖賢之變
者使過孔子富與三仁同編雄未足以與此班孟區

59

世之下聞其風者雖流放廢斥猶知愛其君卷卷而
不忘臣子之義盡矣非死爲難處死爲難屈原雖死
猶不死也後之讀其文知其人如買生者亦鮮矣然
爲賦以弔之不過哀其死不過而已余觀自古忠臣義
士激烈之氣憤不顧其死特立獨行自信而不回者其
美烈之氣豈與身俱士哉仍羽人於丹立菌不死之
舊疆忍無爲以至清與太初而爲隣此遠遊之所以
作而其襞見寒聞者道也仲尼曰樂天知命故不
憂又曰樂之大者亦命有憂之大者屈原之憂國也其
樂樂天也薩醫二十五篇多憂並之語獨遠遊曰道
可愛兮不可傳其小無内兮其大無垠無滑而魂兮

三諫不從則去之同姓無可去之義有死而已離騷

曰貼余身之而先死兮覽余初其猶未悔則原之自處

審矣或又曰審武子邦無道則愚而仲山甫明哲以

保其身今原乃月知於無道之邦以屈明哲保身之

義亦何足為賢乎曰愚知武子全身遠害可也有官

守言責斯用智矣山甫明哲固保身之道然不曰凡

衷匪解以事一人乎士見危致命況同姓兼恩與義

而可以不死乎且比干之死微子之去皆是也屈原

其一不可去乎此干以任責微子去之可也羌無人

焉原去則國從而亡故雖身被放逐猶徘徊而不忍

去生不得力爭而強諫死猶冀其感發以改行使百

非亢往森見孔子異姓之臣其去魯也但政亂耳未似有
危亡之慮也句去而可歸與屈原事全不相似

誤說溷漁父之餔歠芳絜沐浴之振衣棄由聃之所珍
漁父溺事之音義見本篇由詩經由聃以為義

之本不之無信令乃賊之言禔與巳原為事亦而又似不察其生之當堯舜私
亦於其為餓生而懼死君之臣心以勝義是以雄之所馬而至此不自知耳為言

芳蹤彭咸之所遺

丹陽洪興祖曰楊雄所以議屈原者如此而班固亦
議其露才楊巳顏之推又病其顯暴君過愚瞽抗裹
而論之曰或問古人有言殺其身有益於君則為之
屈原雖死何益於懷襄曰忠臣之用心自盡其愛君
之誠耳死生毀譽所不顧也故比干以諫見殺屈原
以放自沈比干紂諸父也屈原楚同姓也為人臣者

鴆以作媒兮何百離而曾不壹耦也坪普耕阪見驟經使乗雲蜺

之旆梔兮望昆侖以掺流覧四荒而顧懐兮奚必云女

被髙丘以見騂經死但賢君可軼本此言髙姓無美作女去可聲

讀之意亦非也本既亡鸞車之幽蔼兮焉駕八龍之委蛇臨

湘湍絢之有諛舞之樂夫聖招之不遭兮固時命之所有

江瀬而掩涕兮何有九招與九歌死馬此言原實又車方就死乗

雖增欷以於邑兮吾恐靈修之不嬃改音已言音以有叶言

遇不為故去屈兮而所欲裁孟子曰千里之心如此見王雖未予及欲其地牽不

拳先於宗國尤此等臣義子理之雜皆情不豈忍必通料其惟君有偷生可惜謀

此義一原是則以見之蒙明而笑行鳳凰也耳以昔仲尼之去魯兮斐

斐遅遅而周邁終回復於舊都兮何必湘淵與濤瀬斐

瓊靡與秋菊兮將以延夫天年臨汨羅而自隕兮恐日

薄於西山此讒知原欲饗玉以延年而飯懷沙以求死

也者故解夫桑之總孿兮縱今之遂奔馳鸞皇騰而不屬

兮豈獨飛廉與雲師餘此言其志見駭繼也卷薜芷與若惠

兮臨湘淵而投之捃申椒與菌桂兮赴江湖而漚之此

兮反湛身於江皐鬻經纍既兆夫傳說兮奚不信而

遂行徒恐鶗鴃之將鳴兮顧先百草為不芳訖古慕字

驗經貫椒糈以要神兮又勤索彼璚茅違靈氛而不從

以咸之原詞雄許初纍棄彼處妃兮更思瑤臺之逸女摯雄

疊闥中容競淖約兮相態必麗佳知

衆嫭之嫉妒兮何必颺颭之蟕脣

龍之所處讒懿義屈原不能隱德自取禍莰待彼讀曰

龍之淵潛兮竢慶雲而將舉亡春風之被離兮孰焉知

纍之衆芳兮颷爗爗之芳蓉遭李夏之凝霜兮慶矢頹

而喪榮兮草名青蓋與羌義同遭霜言不橫江湘以南洼

兮云走乎彼蒼吾馳江潭之沉溢兮將折裹乎重華譅

襄吾中情之煩或兮恐重華之不纍

奏趦也吾與梧桐 竹仲反說見騷經

與陵陽侯之素波兮豈吾纍之獨見許陽侯欲見九章言自投江

之以沈江波以死必不許雄之投閭而生也斯言得之矣精

之昌辭帶鉤矩而佩衡兮履攬揥以為基　圖授其衆圖
方也衡平也攬揥也　　　　　　　　　　　　　七釣規也矩
綦屨下飾也言賤之也　　　　　　　　　　　　　　　之

疑資嫉姤之珍髦兮　蘁九戎而索頼　　　票初貯歌麗服兮何文肆而質
詞故肆而　義女人之被髦而　星　　　　麗積　駁　駕鵝之
皆古義也　聲嬌而無所旅九　　　　　換也　也其文
女也　　　中　其人之　旅九戒　　　娃妓佳　簧如吳娃
　　　也　　　義故　也　　　侯也覇　仕　　旅其資
　　　　　　　也　鳳皇翔於蓬陼兮豈駕鵝之
　　　　　　　　　　之　陼蓬陼　駕鵝音如

能捷騁驊騮以曲蘁兮蹇連蹇而齊足　　　　　　　積棘之榛榛
捷疾也驊騮馬名若　驒驒駛馬名吐音撲　　　蓬陼
曲蘁阻之處則與　蹇連蹇而無異足　　　　　　　陼

屑曲蘁阻之處則與　　　　　　　靈俯既信椒蘭之婆娑兮吾票忍
　　　　　　　　　　　　　　　　椒蘭見九歌攡　　忍

芎蝮虵蚁機而不敢下兮靈俯既被夫容之朱裳兮酷烈而
芎蝮虵機發機貌蝮　　　俯士巾反　　　朱裳
　　　不取見機即下靈俯意於楚王也　　　芙蓉字通用餘字

馬而不蚕睹榛　姜茄之綠衣兮被夫容之朱裳芳酷烈而
　　　睹楙音臻又音　　　　　　　　　　　　　朱裳
　　　　蚕又士巾反　　　綠衣臻脩顏以寄意於楚　芙蓉字通用餘字

莫閻兮不如襲而幽之離房
識婆音姜茄之　夫容亦古芙蓉字通用餘字
婆言也

有周氏之蟬嫣兮或鼻祖於汾隅靈宗初諜伯僑兮流
于末之揚侯蟬

因江潭而記兮欽弔楚之湘累

惟天軌之不辟兮何純潔而離紛紛

皇天之清則兮度后土之方貞

纂以其涏泯兮瞻累以其縮紛

皇天之清則兮度后土之方貞正
正十天一慶地自言已淥也

圖累承彼洪族兮又覽累

不徒官然王莽爲安漢公時雄作法言已稱其美
比於伊尹周公及莽篡漢竊帝號雄遂臣之以耆
老久次轉爲大夫又放相如封禪文獻劇秦美新
以媚恭意得校書天祿閣上會劉尋等以作符命
爲恭所誅辭連及雄使者求欲收之雄恐懼從閣
上自投下幾死先是雄作解嘲時有戔靜遊神之送
惟寂惟寞守德之宅之語至是京師爲之語曰戔
清靜作符命唯寂寞自投閣雄因病免既復召爲
大夫竟死恭朝其出處大致本末如此豈其所謂
龍蛇者邪然則雄固爲屈原之罪人而此文乃離
騷之讒賊矣他尚何說哉

生民芳極休勉虞精芳極樂與福祿芳無期綠衣芳白

華自古芳有之 羽觴見招竟享受也休美也虞與娛同綠衣衛莊姜失位自傷之詩白華周幽王神白被廢所作

反離騷第十六

反離騷者演紒事黃門郎新莽諸吏中散大夫楊
雄之所作也雄少好詞賦慕司馬相如之作以為
式又怪屈原文過相如至不容作離騷自投江而
死悲其文讀之未嘗不流涕也以為君子得時則
大行不得則龍蛇遇不遇命也何必湛身哉曰讀
迺作書往徃撫離騷文而反之自岷山投諸江流
以乎屈原云姑雄好學博覽怙於埶利仕漢三世

猶彼覆載之厚德兮不慶捐於罪郵奉共養于東宮兮

託長信之末流共洒掃於帷幄兮永終死以為期顧歸

骨於山足兮依松栢之餘休

養並見上流下共居容及洒音㠠重曰潛玄宮兮幽以

掃先到反山足謂陵下休㠠音矑

清應門閑兮禁闈高華殿塵兮五階落中庭姜兮綠草

生廣室陰兮帷殿暗房櫳虛兮風冷冷感帷堂兮發紅

羅紛綷縩兮紈素聲神眇眇兮窈靚處君不御兮誰為

榮來應門正閑也

視兮丹墀思君兮復基仰視兮雲屋儶滂兮橫流

銷憂惟人生兮一世忽已過兮若浮巳獨享兮高明處

之翕赫兮奉隆寵於增成　阿音賀任也　後宮之舍健行所居也　陳列也增

既過幸於非位兮竊庶幾乎嘉時　每瘳寐而纍息兮申

佩離兮自思陳女圖以鏡監兮顧女史而問詩悲晨婦

之作戒兮衰襄闇之爲郵義皇英之女虞兮榮任姒之

妾周雖愚陋其靡及兮敬舍心而忘茲

息也離與補之德

王見九嬪即詩　閨婦入即詩

歲而悼懼兮閔蕃華之不滋痛陽祿與柘館兮仍襪裸

而離災豈妾人之殃咎兮將天命之不可求陽祿名德

之仔當就產子數日失　畔緣吾二

白日忽已移光兮遂曈莫而昧幽

楚辭後語二

何望使鬼神有知不受不臣之愬如其無知愬之
何益故不為也上善其對事遂釋然徙倚恐久終
見危求得共養太后長信宮（共居用反　養弋向反因作賦以）
自悼歸来子以為其詞甚古而侵尋於楚人非特
婦人女子之能言者是固然矣至其情雖出於幽
怨而能引分以自安援古以自慰和平中正終不
過於慘傷又其德性之美學問之力有過人者則
論者有不及也嗚呼賢哉柏舟綠衣見録於経其
詞義之義殆不過此云

承祖考之遺德兮何性命之淑靈登薄軀於宮闕兮充
下陳於後庭蒙聖皇之渥惠兮當日月之盛明揚光烈

46

行之不得墓蕪穢而不修兮魂亡歸而不食操七到反

自悼賦第十五

自悼賦者漢孝成班倢伃之所作也班氏世世以

儒學顯倢伃以選入宮貴幸嘗從游後庭帝呂欲

與同輦載詞曰觀古圖畫賢聖之君皆有名臣在

側三代末主延有嬖女今欲同輦得無近似之乎

上善其言而止鞅反倢伃誦詩及窈窕德象女師

之篇每進見上䟽依則古禮宛德象女師之篇皆

古箴戒也後趙飛燕婦弟自微賤興倢伃稀復進見

之書也飛燕遂譖倢伃祝詛主上考問倢伃對曰妾

聞死生有命富貴在天脩正尚未蒙福為邪欲以

尤當傾意極言以竊主聽顧乃低佪局促而不敢

盡其詞焉亦足以知其阿意取容之可賤也不然

豈其將死而猶以封禪爲言哉

登陂陁之長阪兮坌入曾宮之嵯峨臨曲江之隑州兮

望南山之參差巖巖深山之嶔崟方通谷兮谽谺

汩淢靸以永遊兮注平皋之廣衍

觀衆樹之蓊薆兮覽竹林之榛榛

東馳土山兮

北揭石瀨彌節容與兮歷弔二世持身不謹兮亡國失

勢也揭石而茂永日瀨也信讒不寤兮宗廟滅絕烏乎操

之降霜夜漫漫其若歲方懷鬱鬱其不可再更澹偃蹇
而待曙兮荒亭亭而復明妻人竊自悲傷兮究年歲而
不敢忘

哀二世賦第十四

哀二世賦者司馬相如之所作也相如嘗從上至
長楊獵還過宜春宮宜春者本秦離宮閭樂殺胡
亥之地也相如奏賦以哀二世行失其詞如此盖
相如之文能後而不能約能諷而不能諫其上林
子虛之作既以謗麗而不得入於楚詞大人之於
遠遊其漁獵又秦甚然亦終歸於諫也特此二篇
為有諷諫之意而此篇所為作者正當時之龜監

年箋語二

五

羅綺之幔帷兮垂楚組之連綱撫柱楣以從容兮覽曲

臺之央央白鶴噭以哀號兮孤雌跱於枯楊日黃昏而

望絕兮悵獨託於空堂懸明月以自照兮徂清夜於洞

房援雅琴以變調兮奏愁思之不可長案流徵以却轉

兮聲幼妙而復揚貫歷覽其中操兮意慷慨而自卬左

右悲而垂淚兮涕流離而從橫舒息悒而增欷兮蹤履

起而彷徨投長袂以自翳兮數昔日之僊僊無面目之

可顯兮遂頹思而就床搏芬若以為枕兮席荃蘭而茝

香忽寢寐而夢想兮魂若君之在傍惕寤覺以無見兮

魂廷廷若有亡衆雞鳴而愁予兮起視月之精光尊衆

星之行列兮畢昴出於東方望中庭之藹藹兮若季秋

悦悦而外瑤浮雲樹而四塞兮天窈窈而晝陰雷隱隱
而響起兮聲象君之車音飄風廻而赴闥兮樂帷幄之
襜襜挂樹交而相紛兮芳酷烈之闇闇孔雀集而相存
兮玄棟櫺而長吟翡翠脅翼兮來萃兮鸞鳳飛而北南
心慌怳而不舒兮邪氣怵而攻中下蘭臺而周覽兮埃
從容於深宮正殿塊以造天兮鬱並起而穹崇間徙倚
於東廂兮觀夫靡靡而無窮擠玉戶以撼金鋪兮聲噌
吰而似鐘音刻木蘭以為榱兮飾文杏以為梁羅丰茸
之游樹兮離樓梧而相撐施瑰木之欂櫨兮委參差以
棟梁時髣髴以物類兮象積石之將將五色炫以相耀
兮煥爛熿燁而成光致錯石之瓴甓兮象瑇瑁之文章張

為文奉黃金一百斤為相如文君取酒因求解悲愁

之辭而相如為文以悟主上皇后復得幸而漢書

皇后及相如傳無奉金求賦復幸事然此文古妙

最近楚辭或者相如以后得罪自為文以諷非后

求之不知叙者何後實此云

夫何一佳人兮步逍遙以自虞魂踰佚而不返兮形枯

橋而獨居言我朝往而暮来兮飲食樂而志慢愚人心懷貞慤

而不省故兮交得意而相親伊子志兮慢愚人懷貞慤

之歡心願賜問而自進兮得尚君之玉音奉虛言而望

誠兮期城南之離宮脩薄具而自設兮君曾不肯兮幸臨

廓獨潛而專精兮天飄飄而疾風登蘭臺而遙望兮神

上書請使其孫尚公主詔許之公主不聽亦上書

言狀天子乃報使從其俗公主詞極悲凰固可錄

然并著其本末者亦以為中國結昏夷狄自取羞

辱之戒云

吾家嫁我兮天一方遠託異國兮為孫王窮盧為室兮

旃為牆以肉為食兮酪為漿居常土思兮心内

傷願為黃鵠兮歸故郷

長門賦第十三

長門賦者司馬相如之所作也歸棄子曰此諷也

非高唐洛神之比梁蕭統文選云漢武帝陳皇后

得幸頗妬別在長門宮聞蜀郡司馬相如天下工

飲中流歡甚作此文中亏曰秋風樂極而哀来其
悔心之萌亏

秋風起亏白雲飛草木黃落亏鴈南歸蘭有秀亏菊有
芳懷佳人亏不能忘泛樓舡亏濟汾河橫中流亏揚素
波簫鼓鳴亏發櫂歌懽樂極亏哀情多少壯幾時亏奈
老何

殘秀蘭芳以興人歌以興法知此詞與湖夫人
歲人菊同知此詞與湖夫人
歌以興之體矣

烏孫公主歌第十二

烏孫公主歌者漢武帝元封中以江都王建女細
君為公主妻烏孫王昆莫為右夫人公主至其國
自治宫室居歲時一再與昆莫會置酒飲食昆莫
年老言語不通公主悲愁自為作歌如此昆莫乃

兮水維絲絲絲之

右一

河湯湯兮激潺湲北渡回兮迅流難逝記云作拌攣長茭

兮湛美玉河伯許兮薪不屬舉音蹇音交竹舉為絙以濆讀為

燒蕭條兮噫乎何以御水以御典案同止也而薪不屬乃衛人之

石番宣防塞兮萬福來即濆林竹所謂

石番者車石云也下淇園之竹番側其反為楗也楗

右二

秋風辭第十一

秋風辭者漢武帝之所作也帝幸河東祠后土讖

37

後語二

來子曰先是帝封禪巡祭山川殫財極侈海內為
之虛耗及為此歌乃閔然有籲神憂民惻怛之意
云

瓠子決兮將奈何浩浩洋洋兮慮殫為河
殫為河兮地不得寧功無已時兮吾山平吾山平兮
史記閒註云浩作皓慮州
鉅野溢魚弗鬱兮柏冬日
註者云鉅山以凝塡謂河東阿嶠山也
鉅野即魚頁之大野澤史記弗作沸弗鬱憂不樂也柏
與迫同水長溢兮薉濁不清故魚不樂又迫冬日將甚
正道弛兮離常流蛟龍騁兮放遠遊
史記正作從處也正道弛
歸舊川兮神哉沛不封禪兮安知外
師哉沛反大沛神哉神○
壞淮舊川兮神哉沛不封禪兮安知外神哉
靈膰不知此水樹為我謂河伯兮何不仁泛濫不
膰則禪賻不知賻外
止兮愁吾人 漢書為我二字皇伯作公  齧桑浮兮淮泗滿又不戾

36

楚辭後語卷第二

弔屈原第八

服賦第九 離騷見續

瓠子之歌第十

瓠子歌者漢孝武帝之所作也帝既封禪乃發卒
數萬人塞瓠子決河選自臨祭沈白馬玉璧令群
臣從官皆負薪實決河時東郡燒薪柴少乃下淇
園之竹以為楗燒草果也樹竹塞其裏乃以土填之有石以石塞其口謂之楗
之為天子悼其功之不就為作歌詩二章於是卒塞
瓠子築宮其上名曰宣防使記防房後同而導河北行
二渠復禹舊迹自此梁楚之地復寧無水災矣歸

牧所謂四老安劉反爲滅劉者真可爲寒心也哉

抑此詞卒章意豪蕭索亦非復三侯比矣

鴻鵠高飛一舉千里羽翼已就橫絕四海翩〈叶〉䌷〈謂緒而直〉○

也橫絕四海又可奈何雖有矰繳尚安所施施〈反〉○繳〈叶〉

矰〈射反其矢曰矰〉

楚辭後語卷第一

祖愛子計亦不復為漢家社稷計矣抑高祖之歌
詞如此而其言曰呂氏眞婭主矣此又宣專以太
子柔弱之故而為是舉哉一念之差基怨造禍以
至於此回無兩全之理矣酇侯姑亦權其正且重
者而存之以為是甚不獲已之計非別有長策而
故左之以就此也嗚呼向使高祖之心本不出於
私愛則必能深以天下國家之大計為已憂而蚤
與張陳陵勃諸公謀之帷幄以定其論可則以恒
易盈固為兩得不可則姑仍其舊而屬大臣輔以
詛庶幾呂氏悍戾之心亦無所激而將自平則後
來之禍猶可以不至於若是其烈今既不然則社

子侍四人者從年皆八十有餘須眉皓白衣冠甚
偉上怪問之四人前對各言姓名上迺驚曰吾求
公公避逃我何自從吾兒遊乎四人曰陛下輕士
善罵臣等義不辱故恐而亡匿今聞大子仁孝恭
敬愛士天下莫不延頸頗為太子死者故臣等來
上曰煩公幸卒調護太子四人為壽已畢趨出上
目送之召戚夫人指視之曰我欲易之彼四人者
輔之羽翼已成難動矣呂氏真廼主矣戚夫人泣
涕上曰為我楚舞吾若楚歌歌數闋戚夫人歔
歔流涕上起去罷酒竟不易太子云余嘗怪留侯
明炳幾先箸無遺箓而其為此則不唯不暇為萬

31

心之存乎義哉乎其言之也漢之所以有天下而
不能為三代之王其以是夫然自千載以来人主
之詞亦未有若是其壯麗而奇偉者也嗚呼雄哉

大風起兮雲飛揚威加海內兮歸故鄉安得猛士兮守
四方

鴻鵠歌第七

鴻鵠歌者漢高帝之所作也初呂后起閭閻佐帝
定天下既老而踈太子盈又柔弱而戚夫人有寵
於上上以其子趙王如意為類已欲廢太子而立
之呂后恐不知所為問計於留侯留侯為畫計使
太子甲詞厚禮招隱士四人以為容後上置酒大

虞兮虞兮奈若何

大風歌第六

大風歌者漢太祖高皇帝之所作也上破黥布於

會甄[上工外反]下[丈端反]還過沛留置酒沛宮悉召故人父

老子弟佐酒發沛中兒得百二十人教之歌酒酣

上擊筑[頸音竹○狀似琴而大頭細瓵安弦以竹擊之故名為筑]自歌令兒皆

歌習之上乃起舞忼慨傷懷泣數行下謂沛父兄

曰游子悲故鄉吾雖都關中萬歲之後吾魂魄猶

思沛且朕自沛公以誅暴逆遂有天下其以沛為

朕湯沐邑復其民世世無有所與此其歌正楚聲

也亦名三侯之章文中子曰大風安不忘危其伯

垓下帳中歌者而楚霸王項羽之所作也漢王大
會諸侯以伐楚羽壁垓下軍少食盡漢師諸侯圍
之數重羽夜聞漢軍四面皆楚歌乃驚曰漢皆已
得楚乎是何楚人多也起飲帳中有美人姓虞氏
常幸從駿馬名騅蒼白雜毛曰騅羽延悲歌忼慨自
為歌詩歌數曲美人和之羽泣下數行左右皆泣
莫能仰視於是羽遂上馬戲下騎從者八百餘人
夜直潰圍南出漢追及之羽遂自到羽固楚人而
其詞忼慨激烈有十載不平之餘憤是以著之若
其成敗得失則亦可以為強不義者之深戒云
力拔山兮氣盡世時不利兮騅不逝騅不逝兮可奈何

越人歌第四

越人歌者楚王之弟鄂君泛舟於新波之中榜枻
越人擁棹而歌此詞其義鄙襄不足言特以其自
越而楚不學而得其餘韻且於周太師六詩之所
謂興者亦有契焉知聲詩之體古今共貫胡越一
家有越人之所能為者是以不得以其遠且賤而
遺之也

今夕何夕兮搴洲中流今日何日兮得與王子同舟蒙
若被好兮不訾詬恥心幾頑而不絕兮得知王子山有
木兮木有枝心說君兮君不知

垓下帳中之歌第五

27

攻伐諸侯無已時使荆軻奉督元之圖樊於期之
首入秦刺秦王　　　　子及賓客知其事者皆白
衣冠以送之至易水之上既祖取道高漸離擊筑
荆軻和而歌為變徵之聲士皆垂涙涕泣又前而
歌復為羽聲忼慷士皆瞋目髮盡上指冠於是荆
軻就車而去夫軻匹夫之勇其事無足言然於此
可以見秦政之無道燕丹之淺謀而天下之勢已
至於此雖使聖賢復生亦未知其何以安之也且
余於此又特以其詞之悲壯激烈非楚而楚有足
觀者於是錄之它固不遑深論云
風蕭蕭兮易水寒壯士一去兮不復還

26

約暴人衒矣忠臣危殆讒人般矣○賽字音義賽字義也皆未詳或般音盤或

叶蒲迥服也一作般蓋通服也一作衒鋴裕也佈作服也般樂也作

也離布與錦不知異也閒姒子奢奠之媒也嬳毋刀父或曰奢

是之喜也譏喜許旋佩及○音旋閒姒亦玉子璇義反玉女布錦不異嬳言音

以盲為明以聾為聰以危為安以吉為凶嗚呼上天曷

維其同呼言天長而亂之極人懷私意而可使之反易乎至於如此故

璇玉瑤珠不知佩○音嬺母刁父見古九之章義玉刀女刀父也奢古見九之章義未或曰奢

天下之轉禍則之轉禍為福善撥惡亂皆反當正於不是天下治以解此弟明天意之感

悔禍則之轉禍為福善撥惡亂皆反當正於不是天下治以解此弟明天意之感

此也或用其語則維當作恵而文意愈明白矣

也或曰云漢之維當作恵而文意愈明白矣寧恐子

易水歌第三

易水歌者燕刺客荆軻之所作也燕太子丹患秦

見備九之歌蠅蠅蠖蠖也詩曰鴟鴞泉見惜誓佩玉將將蠆昭昭乎其知之明

也郁郁乎其遇時之不祥也拂乎其欲禮義之大行也儋明日郁郁乎有文章行叶戶貌拂鄭也反此〇揚孟

闇乎天下之晦盲也倘明日郁郁皆叶音芒章行貌拂鄭也反此〇揚孟

無疆也千秋必反古之常也弟子勉學天不忘也聖人

共手時幾將矣波皓與吳天吳之同運往一而作天不反則為拱

亦疑顧聞反辭為此其為自弟摘子承盖勉曰學聖人訓而請問天下詞愚

其小歌也此九章即反亦詞有少歌念彼遠方何其塞矣仁人諔

賢士君何為謝之春申君又使人請荀子荀子不

還而遺之賦蓋即此佹詩也然此其説又與前異

未知其果孰是云

天下不治請陳佹詩〔佹詩平聲佹異激切之詩也○天地易位〕

四時易鄉列星隕墜旦暮晦盲幽闇登昭日月下藏〔叶〕

〔照〕公正無私〔反〕見縱志愛公利重樓跪堂無私

罪人慈箪二兵道德純備讒口將將仁人絀約敖暴擅

強天下幽險恐失世英螭龍為蝘蜓鴟梟為鳳皇比干

見刳孔子拘匡〔横叶反黄音也慈反與英同○螭叶音央蝘蒲芒反蜓七〕

〔謂言偃蹇音典覆之稱人也鴟猶工堯反竊取公家之横者以為見〕

〔私己有而治反有得辠之辠人以乃居也反恐為所讒害而常為兵辠言以無〕

以巧拙爲
強弱哉

臣謹修君制變公察善思論不亂以治天下後世法之成律貫〔信以臣下非常之斷公察而善思之則其論不亂而天下後世皆得守之以成法律之條貫也或戲思當作之惡〕

右三章

佹詩第二

佹詩者荀卿子之所作也或曰荀卿既爲蘭陵令
客有說春申君者曰湯以亳武王以鎬皆有天下
今荀子賢而君偕以百里之勢臣爲君危之春申
君乃謝荀子荀子去之趙人又說春申君曰昔伊
尹去夏入殷殺王而夏亡管仲去魯入齊魯弱而
齊強賢者所在其君未嘗不尊榮也今荀子天下

明其請參伍明謹施賞刑顯者必得隱者復顯民反誠

稱尺證反作清○銀與謂恨同門叶乎巾反音民分
請當罪之法施陳則各宇其分限矣下
請教始專用吉祥之事在明其所輕有矣禍亦罪也其業五聰見周禮又言

領謂不便權之歸於下矣○領理相續也又言或迕此參之或

道不使權之歸矣莫有錯綜也王執自禮擁言

使懵濫也幽隱皆通則民賞不許偽矣○言有節稽其

變不飾鞫謂法度稽考使民言有法在稽考具事實也

實信誠以分賞罰必下不欺上皆以情言明若曰爲叶

○上通利隱遠至觀法不

法見不視耳目既顯吏敬法令莫敢恣

皆至地所觀之法非法則雖視不君教出行有律吏謹

視之也所上若論有五論既明則教令之出皆有法律所而使而宜

將之無鈌滑下不私請各必宜舍巧拙鈌典披同音滑與下

疑脫所字○五論既者矣則教令之出皆有私情不守所而宜謹

持之無敢紛擾泪亂者矣群下孰敢私情不守

上莫得相使一民力○守其職足衣食厚薄有等明爵
服利往卯上莫得擅與執私得○服叶蒲止反卯宜亮反勤於事素
厚執亡師明叶音芒○
○君法儀禁不為莫不說教名不移修之者榮離之者
論有常來儀既設民知方進退有律莫得貴賤執私王
好論議必善謀五聽循領莫不理續主執持○聽之經
私門罪禍有律莫得輕重威不分○請牧祺用有基主
歸也執王道取以宅為貳也○皆則民守叙悅論王之教而善名不當自後
貴賤則執有惡旣餙自相貴則者民守叙悅論王之教
○刑稱陳守其銀下不得用輕
誰也私得於人往予擅相賜與莫得擅齊田氏然與則○君法明
民食游手也又言民不失職聽於上群食足明不得擅服謂貴賤
食力一也所與事業皆下不得擅服謂相役使有則

亂世幽而無道屬王孫幽王也戎滋昏暴厲所發欲柬對言不從恐為亂

子胥身離凶　進諫不聽到而獨鹿棄之江襄乃興韻叶對而下一作米反江興麗同音○鹿裹一音鹿裹誠說也獨鹿屬鏤言子胥自刎之後欲以我忠言不之後欲獨鹿對以作我忠言不之後欲

而遇小呂而子胥棄之也獨鹿一望麗小呂也對以作盛而遇小呂而子胥棄之也獨鹿屬鏤言子胥自刎鏤各吳王以後觀

當賜子胥使自鏤即者而當作說以未知孰謂依本文作獨鹿是即以觀

往事以自戒治亂是非亦可識託於成相以喻意戒叶音計

識叶音志

右二章

請成相言治方君論有五約以明君謹守之下皆平正論為君之道有五也刑彌陳三也言有節約明白謂君法明二也約言約明白謂有節

國乃昌明叶音芒○臣下職一也君法明二也

○臣下職莫游食務本節用財無極事業聽

四也上通
剎五也

19

無度邪枉辟回失道途已無郵人我獨自美豈無故一是
非是○碑讀爲砰途叫去聲郵一作尤一本豈下有竊守不知所向無非邪守
碑之途矣豈可尤責它人而自以爲美也不知戒後必有
乎盖凡事之得失必有其故當自省也
恨後遂過不肯悔讒夫多進反覆言語生態作有悔恨
作後疑讒人之態不如備爭寵嫉賢利惡忌妬劾毀賢下
讒黨與上蔽匿上如當作知匿叶則有惡妬蔽匿之態也言人之態下
讒天不能制虢公長父之難為王流于彘父音甫義去主蔽匿
歛黨與上蔽匿
利惡忌讒以惡忌賢者為已利讒黨與則上壅蔽失輔執任用
則賢人不得盡忠於上而勢遂不能制之也戡當作邾以讒公
人爲可任而後已失勢遂不能制之也盖其黜主蔽匿公
長父任周屬王之臣未詳其事聶地名在河東屬王無周
道信任小人專利監謗遂爲國人所逐而流于彘
幽厲所以敗不聽規諫忠是害噬我何人獨不遇時當

18

遷于商十有四世乃有天乙是成湯著叶音莊○毎以簡狄○玄上

吾於鵲鄉而生故追號之曰玄王也即武子也從天

百末詳或云湯能行古聖賢之事故基業張大也顧陳叶音訖底天

見莊子又言湯讓天下於下隨務光道古賢聖基必張平聲

乙湯論舉當身讓下隨舉牟光道古賢聖基必張

辭此亂惡善不此治隱諱疾賢良由姦諛鮮無災患難

哉阪爲先爲末知更何覺時此上亦既六于謀叶音釐要政

前車已覆後末知更何覺時更平聲○後軍也要政

知苦迷惑失指易上下忠不上達蒙拚耳目塞門戸叶悟

如此詞夜鞭也暢不小句何覺時言前事之戒不覺悟不

上聲指下一有牙門音戸塞大迷惑悖亂昏莫不終極是

字非是下叶音戸門戸塞大迷惑悖亂昏莫不終極是

非反易比周欺上惡正直○莫寔冀言闇也正是惡心

17

堯之天下而不許長受也○公無私情也

舜授禹以天下尚得推賢不失

禹亦以天下之故也不避仇則不私其子雖賢若嗣經之也興禹

亭外不避仇內不阿親賢者予下音戶得當作德序之義也興禹勞心力堯

有德干戈不用三苗服舉舜剛臥任之天下身休息服

三苗歌見尚得右援五谷殖變為樂正鳥獸服

書洞○三苗歌見尚書此誤也授變契事並見尚書禹有

契為司徒民知孝弟尊有德

抑下鴻辟徐民害逐共工北决九河通十二渚踈三

江即洪水也流兵工决九河通三江並見尚書但流其

禹溥土平天下躬親為民行溥一作傳土見尚書皆讀為敷迷○

勞苦得益皋陶橫莽直成為輔

皋夔分布沿九州之土地益成未許契玄王生昭明居於砥石

皋陶見尚書黃革直成未詳

十二渚亦未詳賓名也

新其美不使休成相竭辭不慮君子道之順以達宗其
息俊亦好也竭盡也慮什也此論成相之
賢良辨其殊蓋歷音歌○竭盡也慮什也此論辭不什歷言无窮也道言
言之必和順而通君子達子

右一章

蕭成相道聖王堯舜尚賢身辭讓許由善卷重義輕利
行顯明天下焚訐由舜讓天下焚善卷二入不受並見
謹堯讓賢以為民氾利兼愛德施均辨治上下貴賤有
等明君臣民寀明君形前以不私以安為萬堯授能舜遇時尚
賢推德天下治雖有賢聖適不過世孰知之能治
堯不德舜不辭妻以二女任以事大人哉舜南面而立
萬物備德一小句○堯禪舜校妻去聲大人哉舜四字為德舜發

以此刑詰之人皆當之也當

直而用挩必參天鐵因又脱○一字屬下句挩余制反天如

水之平端不傾心術如此象聖人而有執

水既往也而非一世無王窮賢良暴人匆素亡人糟糠禮

樂滅息聖人隱伏墨術行者與則賢良窮困兂王治之經

禮與刑君子以修百姓寧明德慎罰國家既治四海平

治直治之志後富君子誠之好以待處之敦固有深

藏之餘遠思為治又思叶去音費為好去聲待叶音地有讀

者以待胷道也右慶而之貨身固息也又誠深之好以待遠者誠意

精志之榮好而壹之神以成精神相反一而不貳為聖思乃

人好明矣聲相○反好謂反不覆則離通散於治之道義不老君子由

之佼以好下以教誨子弟上以事祖考息佼音絞為治○老日休

基畢輸惡去聲緤讀作輟曰惠為士師也畢盡也輟頃委也輟覆也言春申楚相黃歇所封為李園所殺其政治基業止謗○逆拒斥逐大儒不便下諂

於此人然幾已基必施辨賢罷文武之道同伏戲由之諫人罔極險頃側此之謤雖久不忘但○謗人必言致賢之使人常見謤思

請挍基賢者思堯在萬世如見之謤人罔極險

委盡頃也輟覆也言春申為李園所殺其政治基業止謗

者治不由者亂何謤為罷音見文王武王伏戲興義同○文王武王伏戲古帝王大吳氏文武周王理凡成相辨法方至治

治之畫八卦遊書則契者无言古謤今可謤也一

之極復後王慎黑季惠百家之說誠不祥後一當時詳之○祥善後王當慎慎到之刻惠施善也祥善到

王謂當自立復為一王之法不必事事泥古也惠施善也祥善到墨墨翟季季梁列子云楊朱之刻也惠施善也

治復一脩之吉君子執之心如結衆人貢之謤夫棄之

形是詰結計叶音吉形當作刑之○不復一歸於一理也不由也如結固不解也貳之不一也棄之不由也如

13

賢能飛廉知政任惡求甲其志意大其圖圄高其臺能

奴來反臺下本有樹字以韻叶之知是後人謬加今刪去○惡來有力飛廉之子惡來有力飛廉善走父俱以力事紂也即其志意不遠應不慕往武王怒師牧野古蓋當高者反甲而嘗言不

武王怒師牧野

戈上戍于後啟讀作向下叶音戶立其易鄉使祭祀不前徒倒也世

紂卒易鄉啟乃下武王善之封之於宋立其祖聲野叶去

之衰讒人歸比干見劂箕子累武王誅之呂尚招麾殷之衰讒人歸比干見劂箕子累胡威反同懷胡威反呂尚太公也比干箕子也世之

民懷讒劂音枯累平聲與纆同懷胡威反因勢也呂尚太公也比干箕子也世之

禍惡賢士子胥見殺百里徙穆公得之強配五伯六鄉禍叶宇也許諫夫差不聽為霸所殺百里奚雲公之臣徙遷其強於秦穆公素伯之任好也六

施負宇也許諫夫差不聽為霸所殺百里奚雲公之臣徙遷其強於秦穆公素伯之任好也六他謀不見用施威係雲遷置也言其強大借置天子之任官好也六

世之愚惡大儒逆斤不通孔子拘展禽三絀春申道綴

叶平聲次叶音滅○布基謂竦布基業之事也愚
也苟勝不次叶音滅○布基謂竦布基業之事也愚民
也苟求勝人若下文所引商紂之事

論臣過反其施尊主安國尚賢義拒諫歸非愚而上
也論臣過反其施尊主安國尚賢義拒諫歸非愚而上
同國必禍罷過而治之也言治臣下之過若規反必當自省而
同國必禍罷過而治之也叶音規反義叶平聲禍叶許論其
國暗又欲使人同己則昌謂罷國多私比周還主黨與施
國暗又欲使人同己則上與尚同則知足以餙非辭主安國尚賢義自愚
遠賢近讒忠臣敢塞主勢移罷比必寢弱反遠近
也國語曰罷士無伍讒人用事能使忠臣敢塞而人賞敢言
亦罷矣讒也謂諛比必寢下任事
此則主勢莽所以移於彼而不在下也君矣
此則主勢莽所以移於彼而不在下也君矣
昌謂賢明君臣上能尊主愛
下民主誠聽之天下爲一海內賓
道則爲主之尊讒人達賢能迯國乃蔽愚以重愚闇
賢臣也賢叶湖鄰君○賢謂之
以重闇成爲桀愈甚遂至於顛覆也久而愚闇也世之災姤
賢臣也爲主之尊叶荛也變顛覆也久而愚道也世之災姤

之徒故劉向王逸不錄其篇今以其詞亦託於姜

而作又顏有補友洽道故錄必附焉然黃歇亂人

歇乃以爲託身行道之所則已誤矣詞學要爲不

醇粹其言糟粕反爲聖人意乃近於黃老而復

後王君論五者或顏出入申商間此其所以傳不

壹冊而爲督責沉湎之禍也姜之毫釐謬以千里

可不謹哉可不謹哉

請戒祖世之狹愚闇闇墮賢良人主無賢如瞽無相

何張張相益息瓦上叶平聲墮辞觀瓦後五羊反者瞽死相者瞽○

者兀目也必使人助之亦謂之相不可兀兀也張使長壯之兒

請布基慎聖人愚而自

專事不洽主忌苟勝羣臣莫諫必逢災音見洽作順人死

龔辭後語卷第一

成相第一

成相者楚蘭陵令荀卿子之所作也荀卿趙人名
況學於孔氏門人駰管子弓者也遊於禮者書數
萬言少遊學於齊歷處宣至襄王時三為援下祭
酒後以避讒適楚春申君以為蘭陵令春申君死
荀卿亦廢遂家蘭陵而終焉此篇在漢志巍或相
雜辭凡三章雜陳古今治亂興亡之劾記聲詩以
風時君若將以為工師之誦旅賁之巖者其尊主
愛民之意亦深切矣相者助也奉重勸力之歌史
所謂五段大上死而舂者不相扑其也䋣荓彊原

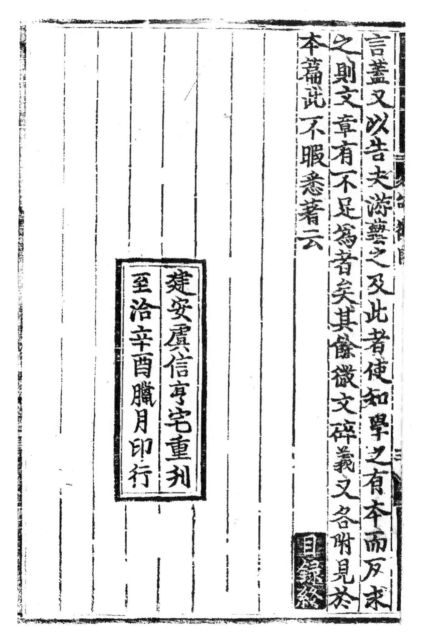

言蓋又以告夫游藝之及此者使知學之有本而萬求

之則文章有不足為音矣其徐微文碎義又各附見於

本篇茲不暇悉著云

楚安虞信亨宅重刊

至治辛酉臘月印行

目錄終

8

人也高唐辛章雖有恩萬方憂國害開聖賢輔不遠之
云亦屢見之禮佛偈家之讀禮耳幾何其不爲歟笑之
眞而何訊一之有哉其息夫躬抑宗元之不藥則龔氏
已言之矣至於揚雄則未有議其罪者而余獨以爲是
其老一節亦藥瓊之偉耳然猶猶和愧而自誼若雄則反
謝前若以自文宜又不得與爽比矣今皆取以豈下以
夫爽之母子無絕道而余雄則欲因反騷而著蘇氏洪
氏之興詞以明天下之大戒也詢翁之詞韋氏以爲中
和之變於此不顧特以其爲古賦之流而取之是也抑
以其自謂晉臣耶事二姓而言則其意亦不爲不悲矣
序列於此之何疑焉至於終篇特普張夫子呂與叔之

者窮而呼天疾痛而呼父母之詞也故今所欲取而使
纏之者必其出於幽憂窮蹙怨慕淒涼之意乃爲得其
餘頭而宏衍鉅麗之觀懂愉快適之語宜不得而與爲
至論其莘則又必以無心而冥會者爲貴其或有是則
鏗遠且賤猶將汲而進之一有意於求似則雖如
揚抑亦不得已而取之耳若其義則首篇所著前卿子
之言指意深切詞調鏗錯君人者誠能使人朝之諷誦
不離於其側如衛武公之抑戒則所以入耳而著心者
豈但廣夏細旃明師勸誦之益而已哉此固余之所爲
眷眷而不能忘者若高唐神女李姬洛神之屬其詞若
不可廢而皆棄不錄則以義裁之而斷其爲禮法之罪

右楚辭後語目錄以晁氏所集錄續變二書刊補定著
凡五十二篇晁氏之爲此書固主於辭而亦不得不兼
於義今因其舊則其考於辭也宜益精而擇於義也當
益嚴矣此余之所以兢兢而不得不致其謹也蓋屈子

4

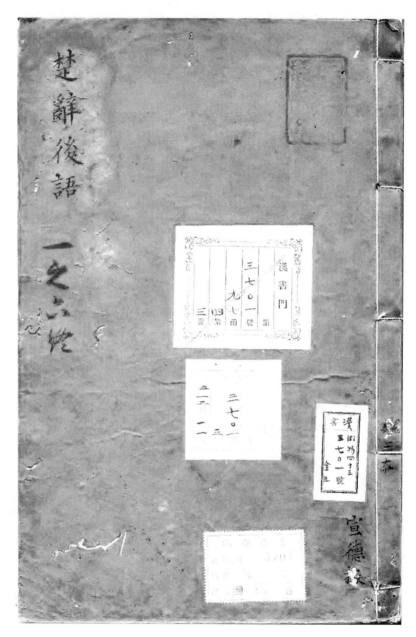

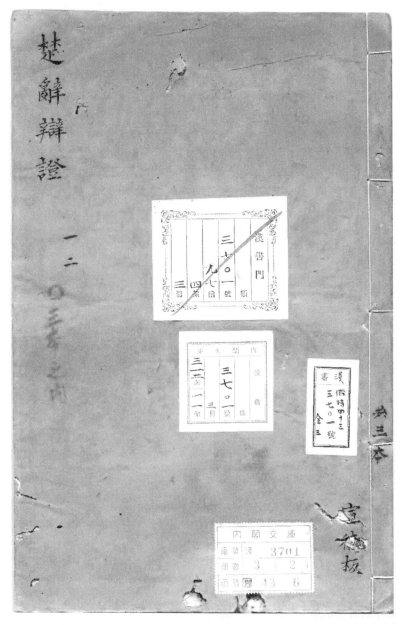

2

楚辭辯證上

余既集正洪騷注顧其訓故文義之外猶有不可不
知者然慮文字之太繁覽者或沒溺而失其要也別
記于後以備參考慶元己未三月戊辰

目録

洪氏目録九歌下注云一本此下皆有傳字晁氏本則
自九辯以下乃有之呂伯恭兼讀詩記引鄭氏詩譜曰
小雅十六篇犬雅十八篇爲正經孔頴達曰兄書非
正經者謂之傳未知此傳在何書也按楚辭屈原離
騷謂之經自宋玉九辯以下皆謂之傳以此例考之
則六月以下小雅之傳也民勞以下大雅之傳也兄

辯證上

淺草文庫

3

氏謂凡非正經者謂之傳善矣文謂未知此傳在何

書則非也然則吕氏寔据晁本而言但洪晁二本今

亦未見其的据更當博考之耳

洪氏又云今本九辯第八而釋文以爲第二盖釋文乃

依古本而後人始以作者先後次叙之然不言其何

時何人也今按天聖十年陳說之序以爲舊本篇第

混并首尾差互乃考其人之先後重定其篇然則今

本說之所定也歟

七諫九懷九歎九思雖爲騷體然其詞氣平緩意不深

切如無所疾痛而强爲呻吟者就其中諫歎猶或粗

有可觀兩王則早已甚矣故雖章附書尾而入莫之

讀今亦不復以累篇衷也賈傳之詞於西京為最高

且惜誓已著于篇而二賦尤精乃取亦不曉

故今並錄以附焉若楊雄則尤刻意於楚學者熙其

反騷實乃屈子之罪人也洪氏識之當矣舊錄既不

之取今亦不欲特收姑別定為一篇使居八卷之外

而並著洪說於其後蓋古今同異之說皆聚於此亦

得因以明之庶幾紛紛或小定云

離騷經

王逸曰同列大夫上官靳尚妬害其能似以為同列之

大夫姓上官而名靳尚者洪氏曰史記云上官大夫

與之同列又云用事臣靳尚則是兩人明其逸以騷

5

名家者不應緣誤如此然詞不別白亦足以誤後人

矣

離騷經之所以名王逸以爲離別也騷愁也經徑也言

巳放逐離別中心愁思猶依道徑以風諫君也此説

非是史遷班固顏師古之説得之矣

秦詆趙絕齊交是惠王時事又諉趙會武關是昭王時

事王逸誤以爲一事洪氏正之爲是

王逸曰離騷之文依詩取興引類譬喻故善鳥香草以

配忠貞惡禽臭物以比讒侫靈脩美人以媲於君處

妃佚女以譬賢臣虬龍鸞鳳以託君子飄風雲霓以

爲小人今按逸此言有得有失其言配忠貞此讒侫

靈脩美人者得之盖即詩所謂比也若處妃佚女則
便是美人虬龍鸞鳳則亦善爲之類耳不當別出一
條更立他義也飄風雲霓亦非小人之比二說皆誤
其辯當詳說於後云
王逸曰楚武王子瑕受倒以爲客卿客卿戰國時官爲
他國之人遊官者設春秋初年未有此事亦無此官
況瑕又本國之王子乎
蔡邕曰朕我也古者上下共之至秦乃獨以爲尊稱後
遂因之補註有此亦覽者所當知也
王逸以太歲在寅日攝提格遂以爲屈子生於寅年寅
月寅日得陰陽之正中補註因之爲說援据甚廣以

7

今考之月日雖寅人歲則未必寅也盖攝提自是星

名即劉向所言攝提失方盂隊無紀而注謂攝提之

星隨斗柄以指十二辰者也其曰攝提貞于盂陬乃

謂斗柄正指寅位之月耳非太歲在寅之名也必爲

歲名則其下少一格字而貞于二字亦爲行文矣故

今正之　劉向本引用古語見太戴禮注云攝提與斗柄相直恒指中氣

惟庚寅吾以降豈維紉夫惠百夫唯捷徑以窘求據字

書惟从心者思也維從系者繫也皆語辭也唯从口

者專詞也應詞也三字不同用各有當然古書多通

用之此亦然也後倣此

凡說詩者固當句爲之釋然亦但能見其句中之訓故

字義而已至於一章之內上下相承首尾相應之大
指自當通全章而論之乃得其意今王逸為騷解乃
於上半句下使入訓詁而下半句下又通上半句文
義為舛釋之則其重複而繁碎甚矣補注既不能正
又因其誤今並刪去而放詩傳之例一以全章為斷
先釋字義然後通解章內之意云
古音能孥代叶又乃代蓋於篇首發此一端以見篇內
凡韻皆叶非謂獨此字為然而他韻皆不必協也故
洪本載歐陽公蘇子容孫莘老本於多難又替下注
徐鉉云古之字音多與今異如皂亦音香乃音仍
他皆放此蓋古今失傳不可詳究如艱與替之類亦

應叶但失其傳耳夫騷韻於俗音未叶者多而三家之本獨於此字立說則是他字皆百類推而獨此為未合也黃某膚乃謂或韻或否為楚聲其考之亦不詳矣近世異機才老始寃其說作補音補韻援據根原甚精且博而余故友黃子厚及古田蔣全甫祖其遺說亦各有所論著今皆已附于注矣讀者詳之

蘭蕙名物補注所引本草言之甚詳已得之矣復引劉次莊云今沅澧所生花在春則黃荏秋則紫而春黃不若秋紫之芳馥又引黃魯直云一榦一花而香有餘者蘭一榦數花而香不足者蕙則又疑其不同而不能決其是非也今按本草所言之蘭雖未之識然

10

亦云似澤蘭則今處處有之可推其類以得之矣蕙
則自為零陵香而尤不難識其與人家所種葉類薝
而花有兩種、如薫說者皆不相似劉說則又詞不分
明未知其所指者果何物也大抵古之所謂香草必
其花葉皆香而燥濕不變故可刈而為佩若今之所
謂蘭蕙則其花雖香而葉乃無氣其香雖美而質弱
易萎皆非可刈而佩者也其非古人所指甚明但不
知自何時而誤耳
美人說并見靈脩條下
棄一作棄駺一作馳憑一作憑又作草一作艸又來
卉予一作余道一作蒩此類錯舉一二以見之不能

評訂上

11

蓋出也

三后若果如舊說不應其下方言堯舜疑謂三皇或少
昊顓頊高辛也

荃以喻君疑當時之俗或以香草更相稱謂之詞非君
臣之君也此又借以寄意於君非直以小草十喻至尊
也舊迮云人君被服芬香故以名之尤為謬說

譽難於言也塞難於行也

洪注引顏師古曰舍止息也屋舍次舍皆此義論語不
舍晝夜謂曉夕不息耳今人或音捨者非是

九天之說已見天問注以中央八方言之誤矣

雖騷以靈脩美人目君盡託為男女之辭而寓意於君

非以是直指而名之也靈脩言其秀慧而脩飾以婦

悅夫之名也美人直謂美好之人以男悅女之辭也

今王逸輩乃直以指君而又訓靈脩爲神明遠見釋

美人爲服飾美好矢之遠矣

索與姤叶即索音素洪氏曰書序八索徐氏有素音

非世俗之所服洪氏曰李善本以世爲時爲代以民爲

人皆以避唐諱爾今當正之

彭咸洪引顏師古以爲殷之介士不得其志而投江以

死與王逸異然二說皆不知其所据也

詠音卓則當从豕又許穢反則當从喙耳

洪氏曰㤙䂓矩而改錯者反常而妄作背繩墨以追曲

者柱道以從時論楊雄作反離騷言恐重華之不嬲

與而曰余恐重華與沈江而死不與投閤而生也又

釋懷沙曰知死之不可讓則舍生而取義可也所惡

有甚於死者豈復愛七尺之軀哉其言偉然可立懦

夫之氣此所以忤檜相而卒戮死也可悲也哉近歲

以來風俗頹壞士大夫間遂不復間有道此等語者

此又深可畏云

舊注以攘詬為除去耻辱誅讒佞之人非也彼方遭時

用事而吾以罪戾廢逐苟得免於後咎餘責則已幸

矣又何彼之能除哉為此說者雖若不識事勢然其

志亦深可憐云

延佇將反浜以同姓之義言之亦非文意王逸行迷之

義亦然

補註引水經曰歷原有賢姊聞原放逐乗歸喩之令自
寛全鄉人因名其地曰姊歸後以為縣縣此有秭故
宅宅之東北有女嬃廟擣衣石尚存至今存於此
驪經女嬃之嬋媛娋君女嬋媛兮為余太息哀鄭忠蟬
媛而傷懷云三顧注引也悲回風悲傾寤以嬋媛理志
蠻自傷文詳此二字蓋顏孌留連之意其注意近而
痛涧也
語蹂也
補註曰文嬃豈原之意蓋欲其為事武之過而不欲其
為吏稟之直耳非貴其不為上官靳尚以媚懷王之

15

意也而說者謂其晋原不與衆合以承君意誤矣此

說甚善

九辯一不見於經傳不可考而九歌著於虞書周禮左氏

春秋其爲舜禹之樂無疑至屈子爲驂經乃有啓九

辯九歌之說則其爲誤亦無疑王逸雖不見古文而

書然據左氏爲說則不誤矣顏以不敢不從子之亦

遂以啓脩商樂爲解則又誤矣至洪氏爲補注王黄

據經傳以破二誤而不唯不能顧乃引山海經三

嬪之說以爲證則又大爲迂妄而甚其益與甚實然

爲山海經著本據此書而傅會之耳然此說亦以得

其誤本若它謬妄之可驗者亦一兩言今畧舉數

不之覺反謂原多用其語尤為可笑今當於天問

言之此未暇論也五臣以啟為開其說尤謬王逸於

下文謂太康不用啟樂自作淫聲今詳本文亦初

無此意若謂巷有此樂而太康樂之太過則差近之

然經傳所無則自不必論也

循脩唐人所寫多拊混故思玄賦注引脩繩墨而解作

導字即脩字之義也

覽民德焉錯輔但謂求有德者而置其輔相之力使之

王天下耳注謂置以為君又生賢佐以輔之恐不應

如此重複之甚也

此篇所言陳詞於舜及上款帝閽歷訪神妃及使鴆鳳

辨證上

飛騰鶬鴆為媒等語其大意所比固皆有謂至於經

涉山川驅役百神下至飄風雲霓之屬則亦況為寫

言而未必有所擬倫矣二注類皆曲為之說反害文

義至於縣圃閬風扶桑若木之類亦非實事不足考

信今皆略存梗槩不復盡載而詳說也

王逸以靈瑣為楚王省閣非文義也

注以義和為日御補注文引山海經云東南海外有義

和之國有女子名曰義和是生十日常浴日於甘洲

注云義和始生日月者也故堯因立義和之官以掌

天地四時此等虛誕之說其始止因堯典出日納日

之文曰耳相傳失其本指而好怪之人恥其謬誤遂

18

乃增飾傅會必欲使之與經為一而後已其言無理

本不足以欺人而古今文士相承引用莫有覺其妄

者為此注者乃不信經而引以為說嚴惑至此甚可

歎也

望舒飛廉鸞鳳雷師飄風雲霓但言神靈為之擁護服

役以見其仗衛威儀之盛耳初無善惡之分也舊曰注

曲為之說以月為清白之且風為虢令之象鸞鳳為

明智之士而雷師獨以震驚百里之故使為諸侯皆

無義理至以飄風雲霓為小人則夫卷阿之言飄風

自南孟子之言民望湯武如雲霓者皆為小人之象

也耶

王逸又以飄風雲霓之來迎已蓋欲已與之同旣不許

之逐使闇見拒而不得見帝此為穿鑿之甚不知何

所据而生此也

沈約郊居賦雌霓連蜷讀作入聲司馬溫公云約賦但

取聲律便義非霓不可讀為平聲也故今定離騷雲

霓為平聲九章遠遊為入聲蓋各從其聲之便也

王逸說往觀四荒處已云欲求賢君蓋得屈原之意矣

至上下求索處又謂欲求賢人與已同志不知何所

据而異其說也

舊注以高丘無女下女可詒皆賢臣之譬言非是下文說

詳見於九歌可考也

20

溫字補迋兩處皆已解爲奄忽之義至此遊春宮廣

云無奄忽之義不知何故自爲矛揗至此

處妃一作宓妃說文宓房六反虎行貌宓美畢又安也

集韻云處與伏同處羲氏亦姓也宓與密同亦姓俗

作宓非是補迋引類之推說云宓字本从虍處子賤

即伏羲之後而其　文說濟南伏生又子賤之後是

知古字伏處通用而俗書作宓或復加山而并轉爲

密音耳此非大義所繫今亦姑存其說以備參考

逸以處妃喩隱士既非文義又以褰脩爲伏羲氏之

臣亦不知其何據也又謂隱者不肯仕不可與共事

君亦爲衍說

21

孟子不理於口漢書無俚之至說者皆訓為賴則理固

有賴音矣

爾雅說四極恐未必然鄰國近在秦隴非絕遠之地也

舊說有城國在不周之北恐其不應絕遠如此又言求

伏女為求忠賢與共事君亦非是

鴆及雄鳩其取喻為有意具文可見註於他說亦欲援

此為例則鑒矣補注又引淮南說運日知晏則鴆乃

小人之有智者故雖能為讒賊而屈原亦因其才而

使之是以屈原為真嘗使鴆媒簡狄而為所賣也其

固滯乃如此甚可笑也

鳳皇既受詒舊以為既受我之禮而將行者誤矣審爾

則高辛何由而先我哉正爲已用鳲鳩而設使鳳皇

其勢不敢故恐其先得之耳又或謂以高辛嘗諸國

之賢君亦詐文勢

留二姚亦求君之意舊說以爲博求衆賢非是

或問終古之義曰闔闢之初今之所詎也守國之亨古

之所終也考工記曰輪已庳則於馬終言登阤也詎

曰終古當也正謂常如登阤無有已時猶擇民之言

盡求來徐也

兩美必合此說於男女而言之注直以君臣爲說則

得其意而失其辭也下章艴求美而釋女亦然至說

豈悟是其有女而曰豈唯趙有忠臣則失之遠哭其

以芳草為賢君則又有時而得之大率前人讀書不
先尋其綱領故一出一入得失不常纇多如此幽昧
睱曜二語乃原自念之辭以為荅靈氣者亦非是
趙人以為重午補文於要豈其故俗耶
補注以為靈氣之占勸忽原以違青在異地則可在原
則不可故以為變而欲再決之巫咸迅考上文但謂
卑世尊爵無適而可故不能無憂然氣之言耳同姓
之藥上文初無來歷不知洪何所據而言此亦求之
太過也
皇師謂百神不必言天使也
坠降上下蕭上君下臣者亦緫説

傳說大夫必審年歲皆巫咸語補注以為原語非也

鵙鵙䳠師古以為子規一名杜鵑服虔陸佃以為鵙一

名伯勞未知孰是然子規以三月鳴乃衆芳極盛之

時鵙以七月鳴則陰氣至而衆芳歇矣又鵙鵙音亦

相近疑服陸二說是

莫好脩之害二注或謂上不好用忠直或謂下不好脩

偫皆非是

此辭之例以香草比君子王逸之言是矣然屈子必世

亂俗衰人多變節故自前章蘭芷不芳之後乃更歎

其化為惡物至於此章遂深責椒蘭之不可恃以為

誅首而揭車江離亦以次而書罪焉蓋其所感蓋以

深矣初非以爲實有是人而以椒蘭爲名字者也而
史遷作屈原傳乃有令尹子蘭之說班氏古今人表
又有令尹子椒之名既因此章之語而失之使此詞
首尾横斷意思不活王逸因之又訛以爲司馬子蘭
大夫子椒而不復記其香草臭物之論流誤千載遂
無一人覺其非者甚可歎也使其果然則又嘗有子
車子離子椒之儔蓋不知其幾人矣
化與離愁易曰其之離木鼓金而歌則大聲之聲則
離可爲力加反又傳曰通其變使民不倦神而化之
使民宜之則化可爲胡圭反服賦虎子曰斜遷史以
斜爲施此韻亦可考

26

王逸以求女爲求同志已失本指而五臣又讀女爲汝

則并其音而失也

卒童豫校之屬皆寓言耳注家曲爲比類非也

博雅曰崑崙虛亦水出其東南陬河水出其東北陬洋

水出其西北陬弱水出其西南陬河水入東海二水

入南海後漢書注云崑崙山在今肅州酒泉縣西南又

山有崑崙之體故名之二書之語似得其實水經又

言崑崙去嵩高五萬里則恐不然若是之遠富更考

之

待與期叶易小象待有與之叶者即其倒也

九歌

楚俗祠祭之歌今不可得而聞矣然計其間或以陰巫

下陽神或以陽主接陰鬼則其辭之褻慢淫荒當有

不可道者故屈原因而文之以寄吾區區忠君愛國

之意比其類則宜爲三頌之屬而論其辭則又爲國

風再變之鄭衛矣及徐而深求其意則雖不得於君

而愛慕無已之心於此爲尤切是以君子猶有取焉

蓋以君臣之義而言則其全篇皆以事神爲比不雜

他意以事神之意而言則其篇內又或自爲賦爲比

爲興而各有當也然後之讀者昧於全體之爲比故

其疎者以他求而不似其密者又直致而太迫又其

甚則并其篇中文義之曲折而失之皆無復當日吟

28

哦情性之本音蓋諸篇之失此為尤甚今不得而不
正也又篇名九歌而實十有一章蓋不可曉舊以九
為陽數者尤為行說或疑猶有震夏九歌之遺聲亦
不可者今姑闕之以俟知者然非義之所急也
瓅鏘鳴芳琳琅注引禹貢釋瓅琳琅皆為王名恐其立
語不應如此之重複故今獨以孔子世家環佩玉聲
瓅然為證庶幾得其本意
舊說以靈為巫而不知其本以神之所降而得名蓋靈
者神也非巫也若但巫也則此云姣服義猶何通至
於下章則所謂既留者又何患其不留也耶漢樂歌
云神安留亦指巫而言耳

29

君英君郎如也猶詩言義如英耳注以若為杜君則不

成文理矣

帝服注為五方之帝亦未有以見其必然

爇說文後三犬而釋為群犬走貌然大人賦有爇風誦

而雲浮者其字後三火蓋別一字也此類皆當後三

火

東皇太一舊說以為原意謂人盡心以事神則神惠以

福今絪忠以事君而君不見信故為此以自傷補注

又謂此言人臣陳德義禮樂以事上則上無憂患雲

中君舊說以為事神已記復念懷王不明而太息憂

勞補注又謂以雲神愉君德而懷王不能敢心以為

憂皆外增贅說以害全篇之大指曲生碎義以亂本

文之正意且其曰君不亦太迫矣乎

吾衆柱舟吾蓋爲祭者之詞舊注直以爲屈原則太迫

補注又謂言湘君容邑之美以喻賢臣則又失其章

指矣一

女媭媛舊注以爲女額以無闋涉但與騷經用字偶同

耳以思君爲直指懷王則太迫又不知其寄意於湘

君則使此一篇之意皆無所歸宿也

心異媒勞王注以爲與君心不同則太迫而失題意補

注又因輕絶而謂同姓無可絶之義則尤乖於文義

也一

石瀨飛龍一章說者尤多舛謬其曰他人交不忠則相
怨我則雖不見信而不以怨人補注又云臣忠於君
君宜見信而反告我以不間此原陳已志於湘君也
不知前人如何讀書而於其文義之曉然者乃直來
戾如此全無來歷關涉也其曰君初魚我期共為治
而後以讒言見弃此乃得其本意而亦失其詞命之
曲折也
湘君一篇情意曲折最為詳盡而為說者之謬為尤多
以至全然不見其語意之脈絡次第至其卒章獨以
遺玦捐袂為求賢而采杜若為好賢之無已皆無復
有文理也

佳人召予正指湘夫人而言而五臣謂若有君命則亦

將焂補注以佳人為賢人同志者如此則此篇何以

名為湘夫人乎

九歌諸篇實主彼我之辭景為難辨舊說往往亂之故

文意多不屬今頗已正之矣

何壽夭芳在予舊說人之壽夭皆其自取何在於我已

失文意或又以為喻人主當制生殺之柄尤無意謂

王逸以離居為隱士補注又以此為屈原訴神之辭皆

失本指

王逸以乘龍沖天而愈思愁人為抗志高遠而猶有所

不樂全失文義補注謂喻君舍已而不顧意則是而

語太迫也一

夫人兮自有美子衆說皆未論辭之本指得失如何但

於其說中已自不成文理不知何故如此讀書也

咸池或姤字下贎句與來字力之反叶

東君之吾舊說誤以為曰故有息焉懸車之說疑所引

淮南子反因此而生也至於低佪而顧懷則其義有

不通矣又必強為之說以為思其故居夫日之遟行

初無停息豈有故居之可思哉此既明為謬說而推

言之者又以為譏人君之迷而不復也則其穿鑿愈

甚矣又解聲色娛人為言君有明德百姓皆注其耳

目亦衍說且必若此則其下文綢繆交鼓之云者又

誰為主而見其來之巇曰耶

聲色娛人觀者忘歸正為主祭迎日之人低回顧懷而
見其下方所陳之樂聲色之盛如此耳絚瑟交鼓靈
保賢㛄即其事也或疑但為日出之時聲光可愛如
朱炎祖秀水録所載登州見日初出時海波皆赤洶
洶有聲者亦恐未必然也盖審若此則當言其煇赫
震動之可畏不得以娛人為言矣聊記其說以廣異
聞

北斗字舊音斗為主以詩考之行葦主醻斗莒為韻巻
阿厚主為韻此類甚多但不知此非叶韻而舊音特
出此字其說果何為耳

濟丁上

舊說河伯位視大夫屈原以官相友故得汲之其鑿姫
此又云河伯之居於水中鉢賢人之不得其所也
夫謂之河伯則居於水中固其所矣而以為失其所
則不知使之居於何處乃為得其所耶此於上下又
義皆無所當真術說也
堂宮中或云當並叶堂韻宮字已見雲中君中字全闕
音正為當字
山鬼一篇謬說最多不可勝辯而以公子為公子羲者
尤可笑也
然不見天审見有讀天字屬下句者間之則曰韓詩天
路幽險難追攀語盖祖此審爾則韓子亦誤矣

36

或問魂魄之義四子產有言物生始化曰魄既生魄陽
曰魂孔子曰氣也者神之盛也魄也者鬼之盛也鄭
氏注曰噓吸出入者氣也耳目之精明為魄氣則魂
之謂也淮南子曰天氣為魂地氣為魄高誘注曰魂
人陽神也魄人陰神也此數說者其於魂魄之義詳
矣蓋嘗推之物生始化云者謂受形之初精血之聚
其間有靈者名之曰魄也既生魄陽曰魂者既生此
鬼便有暖氣其間有神者名之曰魂也二者既合然
後有物易所謂精氣為物者是也及其散也則魂遊
而為神魄降而為鬼矣說者乃不考此而但据左踈
之言其以神靈分陰陽者雖若有理但以噓吸之動

者為魄則失之矣其言附形之靈附氣之神似亦近

是但其下文所分又不免扵有差其謂魄識少而魂

識多亦非也但有運用畜藏之異耳

雄與凌叶今閩人有謂雄為形者正古之遺聲也

楚辭辯證上

楚辭辯證下

天問

隅隈之數 注引淮南子言天有九野九千九百九十九

隅此其無稽亦甚矣哉

論衡云日晝行千里夜行千里如此則天地之間狹亦

甚矣此王充之陋也

顧菟在腹 此言菟在月中則顧菟但為兔之名舕耳而

上官桀曰逐麋之犬當顧菟耶則顧當為瞻顧之義

而非兔名又莊辛曰見菟而顧犬亦因菟用顧字而

其取義又異盖不可曉且兔與菟同是一字見於說

文而其形聲皆異又不知其自何時始別異之也

39

補注引山海經言鯀竊帝之息壤以堙洪水帝令祝融
殛之羽郊詳其文意所謂帝者似指上帝盖上帝欲
息此壤不欲使人干之故鯀竊之而帝怒也後來柳
子厚蘇子瞻皆用此說其意甚明又祝融顓帝之後
死而爲神盖言上帝使其神誅鯀也若堯舜時則無
此人矣此山海經之妄也後禹事中又引淮南子
言禹以息壤寘洪水土不減耗掘之而益多其言又與
前事自相抵牾若是壤也果帝所息則父竊之而殛
死子掘之而成功何帝之喜怒不常乃如是耶此又
淮南子之妄也大抵古今說天問者皆本此二書今
以父意考之疑此二書本皆緣解此問而作而此問

之言豈繇國號空俗相傳之語如今世俗僧説降無
之新詩況新變實稱之顔本無稽據而如事者遂假
託撰壹以實之明理之士皆可以一笑而撣之政不
必深攷其事記

惑邪

補注引淮南武皆球高一萬一千里百一十四步二尺
六寸元爲可燊荳有咲萬里之遠而龍計眞崟步尺
寸之絲音此盡欲覽者以爲己所覩是而冐實計
之而不知谪所以彰其蒲而且譁也揶豈李意似有
意交破諸妄説而於此章反以西王母者實之又何

補注引淮南子説崑崙虛雰言四百四十門而其西九

閶闔門開以納不周之風皆是注解此書之謬乎之

亦嘗又可驗其必然矣

雄處九首奬忍焉在此一事耳其詞本與招魂相表裏

王注得之但失不引魂爲證耳而揚子不深考乃

引莊子南北二帝之名以破其誕則說失其本指而

又使雄處一句爲無所問其失愈遠矣補注雖知鄉

說之非然亦不引招魂以訂其文義之換乃且以乘

周寓言不足信者誕之周之寓言誠不足信然豈不

猶愈於康回燭龍之屬乃信僞而疑此何哉一語之

微無所關於義理而說吾生三失之而況其有深於

是者耶

42

雄羝佗忽或云今嶺南有異蛇能一日行數百里以逐

人者即此物但不見說有九首耳

補注說今湖州武康縣東有防風山山東二百步有禺

山防風廟在封禺二山之間洪君晚岳雲川當得其

賓

巳蛇事下涯中食鹿出骨畫似若迂誕然予嘗見山中

人說大蛇能吞人家所伏雞卵而登木自絞以出其

殼者人甚苦之因為木杌者業中蛇不知而吞之遂

絞而裂云

昇焉彈日為解羽　洪引歸藏云昇彈十日補注引山

海經注曰天有十日日之數十也然一日方至一日

辭汀下

方出雖有十日自使以次送出而今俱見乃為妖怪
故羿仰天控弦而九日潛退耳按此十日本是自甲
至癸耳而傳者誤以為十日並出之說注者既知其
誤又為此說以彌縫之而其誣益彰然世人猶或信
之亦可悑也
啟代益作后卒然離蠥益失位為離蠥固非文
義補以有扈不服為離蠥文義粗通然亦未安或恐
當時傳聞別有事實也史記燕人說禹崩益行天子
事而啟率其徒攻益奪之汲冢書至云益為啟所殺
是則豈不敢謂益既失位而復有陰謀為啟之蠥啟
能憂之而遂殺益為能達其拘乎然此事要當質以

孟子之言齊東鄙論不足信也
啓棘賓商四字本是啓夢賓天而世傳兩本彼此互有
得失遂致紛紜不復可曉蓋作山海經者所見之本
夢天二字不誤獨以賓嬪相似遂誤以賓為嬪而造
為啓上三嬪于天之說以賓其謬王逸所傳之本賓
字幸得不誤乃以篆文夢天二字中間毀滅獨存四
外有似棘商遂誤以夢以天為商而於注中又
以列陳宮商為說則既引三嬪以注騷經而於此
篇反據王本而解為憝於賓禮商契以今考之凡此
三家均為穿鑿而以事理言之則山海之怪妄為尤
甚以文義言之則王注之訓詁為尤踈洪則蕪承二

誤而又兩失之且謂屈原多用山海經語而不知山
海實因此書而作三嫚又本此句一字之誤其為紕
漏又益甚矣獨柳子貿嫚之對以覺山海之謬然亦
不能深察而明者之是以其義雖正而亦不能以自
仲也大抵古書之𬳵類多如此讀者若能虛心諍應
徐以求之則解后之間或當偶得其實乃安於苟
且徇於穿鑿牽於援据僅得一說而遽執之便以為
是以故不能得其本真而已誤之中或復生誤此邪
子才所以獨有日思誤書之適又有思之若不能得
則便不勞讀書之對雖若出於戲劇然實天下之名
言也

勤子屢安舊淫引帝王世紀言禹痼剝毋背而生補又

引干寶言黃初五年汝南民妻生男後右脇下小腹

上出而平和自若母子無恙以為訂此事有無固未

可定然上句言啓事而未有所問則此句不應反說

禹初生時事矣故疑當為啓母化石事也

該兼李德王逸以為湯能秉契之末德而嚴父契善之

以契為湯父固謬抑又以為即左傳所云少皞氏之

子該為蓐收者亦與有扈事不相關雖洪氏以為啓

者近之蓐該即啓字轉寫之誤也但終弊于有扈牧

夫牛羊乃似謂啓為有扈所弊而牧夫牛羊者不知

又何說也下章又云有扈牧竪亦不可曉豈以少康

嘗為牧正而誤邪大率此篇所問有尾羿淫事或相

混并蓋其傳聞之誤當闕之耳

到擊紂躬叔旦不嘉王逸云武王始至孟津八百諸侯

不期而到皆曰紂可伐也白魚入于王舟羣臣咸曰

休哉周公曰雖休勿休未詳所據

齊桓九會九本紂字借作九耳左傳展禽為牁師之言正

作紂字紂合宗族亦此義也唯莊子九雜天下之川

作九則亦古字通用而非九數之驗也諸儒通計九

會之數不合遂有衣裳兵車之辨蓋鑿說也然此辭

亦作九會則其誤也久矣如公羊穀梁故是戰國時

人也

余始讀詩得吳氏補音見其疑於毂武三章嚴遑之韻
亦不能曉及讀此篇見其以嚴叶亡乃得其例余於
吳氏書多所刊補皆此類今見詩集傳

九章

屈子初放猶未嘗有奮然自絕之意故九歌天問遂游
卜居以及此卷惜誦涉江哀郢諸篇皆無一語以及
自沈之事而其詞氣雍容整暇尚無以異於平日若
九歌則含意悽愴綢繆低佪所以自媚於其君者尤
為深厚騷經漁父懷沙雖有彭咸江魚死不可讓之
說然猶未有決然之計也是以其詞雖切而猶夫失
其常度抽思以下死期漸迫至惜往日悲回風則其

身已臨沈湘之淵而命在鼇刻矣顧恐小人蔽君之
罪闇而不章不得以為後世深切著明之戒故忍死
以畢其詞焉計其出於督亂煩惑之際而其傾綦
竭又不欲使吾長逝之後冥漠之中胃次介然有毫
髮之不盡則固宜有不暇擇其辭之精粗而悉吐之
者矣故原之作其志之切而詞之衷蓋未有甚於此
數篇者讀者其深味之真可為慟哭而流涕也
惜誦首章非字誤為泣字誤使兩章文意不明中間善惡
字誤為中情使一句音韻不叶今巳正之讀者可以
無疑矣
涉江舊說取聱言之詳皆衍說也

哀郢楚文王自丹陽徙江陵謂之郢後九世平王城之

又後十世為秦所拔而楚後東郢

抽思何獨樂斯之蹇蹇兮願蓀羙之可完文理甚明而

王逸解獨樂為毒藥補注又引䐱肕之語以實之必

欲如此強為之說豈不可通但別本如此文自分明

不必強穿鑿耳然今本皆出王逸不知別本又何自

而得此本語也

埶不實而有穫詳上文實當作殖然自王逸巳解作空

穧則其語久矣穧一作穢亦非也

懷沙改叶音巳按鄭注儀禮釋用巳日為自變改作二

字音義固相近也

懷質抱情獨無匹兮諸本皆同史記亦然而王逸訓匹
為雙補注云俗字作疋則其來久矣但下句云伯樂
既没驥馬程兮於韻不叶故嘗疑之而以上下文意
及上篇并日夜而無正者證之知匹當作正乃與下
句音義皆叶然猶未敢必其然也及讀哀時命之篇
則其詞有曰懷瑤象而握瓊兮願陳列而無正與
此句相似其上下句又皆以榮逞成生為韻又與此
同然後斷然知其當改而無疑也

惜往日受命詔以昭時時一作詩說者便引國語楚教
太子以詩為說殊無意謂

介子立枯事補注以左傳為据而不之信然此詞明言

52

立枯又云縞素而哭莊子亦有抱木之說固未可以
一說而盡疑之也
悲田風施黃棘之枉筞補注据史記楚懷王二十五年
入與秦盟于黃棘其後為秦所欺卒以客死今頃襄
王又信任姦囬將亡其國故言已之所以假延日月
無以自處者以其君欲復施黃棘之枉策也其說雖
有事證然與此文理絶不相入不若舊說之為安也

遠遊

客有語余者曰高宗恭默思道夢帝賚以良弼窹而求
之即得傳說遂以為相若使夢賚之夕應時即生則
自縊縴之間以及強立之歲亦須二三十年始堪任

用王者政令所出日有萬幾豈容數十年之間不發
一語又豈相位以待乾下之嬰兒乎今書之言如此
則是高宗既得此夢即時搜訪便得其人而已堪作
相以代王言矣明是一旦忽然從天而下便爲成人
無少長之漸也余聞其言心竊恠之而不敢答今讀
此書洪注所引莊子音義已有傳說生無父母之說
乃知古人之慮已有及此者矣洪氏引之而無他說
則豈亦以是爲不易之論而無所疑也耶然則余之
昧陋而見事獨遲爲可笑已
屈子載營魄之言本於老氏而楊雄又因其語以明月
之盈開其所指之事雖殊而其立文之意則一顧爲

三書之解者皆不能通其說故今合而論之庶乎其
足以相明也蓋以車承人謂之載古今世俗之通言
也以人登車亦謂之載則古文史類多有之如漢紀
云劉章從謁者與載韓集云婦人以孺子載盖皆此
意而今三子之言其字義亦如此也但老子屈子以
人之精神言之則其所謂營者字與熒同而為晶明
光烱之意其所謂魄則亦若余之所論於九歌者耳
楊子以日月之光明論之則固以月之體質為魄而
日之光耀為魂也以人之精神言者其意蓋以魂陽
動而魄陰靜魂火二而魄水一故曰載營魄抱一能
勿離乎言以魂加魄以動守靜以火迫水以二守一

而不相離如人登車而常載於其上則魂安靜而魄
精明火不燥而水不溢固長生久視之要訣也屈子
之言雖不致詳然以其所謂無滑而魂虛以待之之
語推之則其意當亦出此無疑矣其以日月言者則
謂日以其光加於月魄而為之明如人登車而載於
其上也故日月未望則載魄于西既望則終魄于東
其逆於日乎言月之方生則以日之光加被於魄之
西而漸滿其東以至於望而後圓及既望矣則以日
之光終守其魄之東而漸虧其西以至於晦而後盡
蓋月溯日以為明未望則日在其右既望則日在其
左故各向其所在而受光如民向君之化而成俗也

三子之言雖為兩事而所言載魄則其文義同為一
說故丹經歷術皆有納甲之法互相資取以相發明
蓋其理初不異也但為之說者不能深考如河上公
之言老子以營為魂則固非字義而又并言人載魂
魄之上以得生當嬰養之則又失其文意獨其載字
之義粗為得之然不足以補其所失之多也若王輔
嗣以載為處以營魄為人所常居之處則亦河上之
意至於近世而蘇子由王元澤之說出焉則此一人
者平生之論如水火之不同而於此義皆以魂為神
以魄為物而欲使神常載魄以行不欲使神為魄之
所載洪慶善之於此書亦謂陽氣充魄為魂魄運動

57

則其為全矣則其意亦若蘇王之云而皆以載為以
車承人之義矣是不唯非之文意且若如此則是捄
使神常勞動而魄亦不得以少息雖幸免於物欲沈
溺之累而窈寘之中精一之妙反為強陽所挾以馳
驚於紛拏膠擾之塗卒以陷於衆人傷生損壽之域
而不自知也其如二子之意何如哉若其說揚子者
則皆以載為我固失其指而李軏解魄為先尤為乖
謬至宋貫之司馬公始覺其非然遂欲改魄為朡則
亦未深考此載字之義之愈遠矣唯近歲王伯
照以為未望則魄為明所載似得其理既而又曰既
望則明為魄所終則是下句當曰終明而不當為終

魂矣以此推之恐其扵上句文義之鄉背亦未免如

蘇氏王氏之云為自下而載上也大抵後人讀前人

之書不能洗潛反覆求其本義而輒以己意輕為之

說故其鹵莽有如此者況讀楚辭者徒玩意扵浮筆

宜其扵此尤不暇深宄其底蘊故余因為辯之以為

覽者躰因是以〔齬音〕考焉則或泝流求源之一助也

登霞之霞本遐之借用猶曰遙遠爾曲禮告喪之詞

乃又借以為死之義稱也莊子作登假蓋亦此例但

此篇注者遂觧為赤黃之氣釋莊音者又讀假為格

而訓至焉則其誤愈遠矣

卜居

史記有滑稽傳索隱云滑亂也稽同也言辯捷之人言

非若是言是若非能亂異同也楊雄酒賦鴟夷滑稽

顏師古曰滑稽圜轉縱捨無窮之狀此詞所用二字

之意當以顏說為正

漁父

衣叶於巾反者禮記一戎衣鄭讀為殷古韻通也

九辯

悲秋舊說取壁言煩雜皆是本意

有義一人注指懷王非是心不繹注訓繹為解即當依

釋補訓抽絲乃說為繹字耳又疑或是懌字喜悅意

耳

無伯樂之善相令誰使乎譽之譽一作譽相度之義也

又與上句知字叶韻故當作譽為是但下句兩之上

字復不韻則又不可曉故今且作譽而四句皆以之

字為韻

朱雀雀一作榮非是蓋下與蒼龍為對甮為飛行之物

不當作榮王注亦自作雀不如洪本何以作榮也朱

菱音施蓋言朱雀飛揚其翼菱菱然也今一作芙音

於表反乃随榮字誤解耳

義不通

招魂

輕輬輬一作輕非是輕字義證甚明輕乃車之行貌於

61

後世招魂之禮有不專為死人者如杜子羑彭衙行云

煖湯濯我足剪紙招我魂盖當時關陝間風俗道路

勞苦之餘則皆為此禮以祓除而慰安之也近世高

抑崇作送終禮云越俗有暴死者則巫使人徧於櫬

路以其姓名呼之徃徃而甦以此言之又見古人於

此誠有望其復生非徒為是文具而已也

恐後之如漢武帝遣人取司馬相如遺文而曰若後之

实之意注云言已在他人後也

此篇所言四方怪物如十日代出之類決是誕妄無可

疑者其他小小異事如東方長人南方雕題殺人祭

思蛇吼封狐西方流沙求水不得北方層冰飛雪之

類則或往往有之如五代史言此方之極魑魅龍蛇
白晝羣行蓋地偏氣異自然如此不足恠也
無木謂之臺有木謂之榭一曰凡屋無室曰榭說文乃
云臺觀四方而高者榭臺有屋也說文與二說不同
以春秋宣榭火考之則榭有屋明矣
卒章心字舊蘇含反蓋以下叶南韻然於上句楓字却
不叶此不知楓有孚金南有尼金可韻而誤以楓為
散句耳心字但當如字而以楓南二字叶之乃得其
讀前亦多此例矣

大招

周頌陟降庭止傳注訓庭為直而說之云文王之進退

其臣皆由直道諸儒祖之無敢違者而顏監於匡衡
傳所引獨釋之曰言君有神明臨其朝廷也蓋匡衡
時未行毛說顏監又精史學而不梏於專經之陋故
其言獨能如此無所阿隨而得經之本指也余舊讀
詩而愛顏說然尚嶷其無據及讀此詞乃有登降當
呂之文於是蓋信陟降庭止之為古語其義審如顏
說而無嶷也顏注漢書時有發明於經指多若此類
如訓毟為匪尤為明切足證孔安國張平子之謬其
視章昭之徒專守毛鄭而不能一出已見者相去遠
矣

晁錄

王逸所傳楚辭篇次本出劉向其七諫以下無足觀者
而王褒為最下余已論於前矣近世混無咎以其所
載不盡古今詞賦之義因別錄續楚辭變離騷為兩
書則凡詞之如騷者巳略備矣自原之後作者繼起
而宋玉賈生相如揚雄為之冠然較其實則宋馬辯
有餘而理不足長於頌義而短於規過乃專為偷
生苟免之計既與原異趣矣其文又以摹擬掇之
故斧鑿呈露脉理斷續其視宋馬猶不逮也獨賈太
傳以卓然命世英傑之材俯就騷律所出三篇皆非
一時諸人所及而惜誓所謂黃鵠之一舉兮見山川
之紆曲再舉兮睹天地之負方者又於其間超然拔

此言意之表未易以筆墨蹊徑論其高下淺深也此
外泥氏所取如荀卿子諸賦皆高古而成相之篇本
擬工誦箴諫之詞其言菱臣藏王擅權馴致移國之
禍千古一轍可為流涕其他如易水越人大風秋風
天馬下及烏孫公主諸王妃妾怨夫躬之殿壁隕珠
柳本朝王介父之山谷建業黃魯直之愛雖
邢端夫之秋風三疊其古今大小雅俗之愛雖或不
同而泥氏亦或不能無所遺脫然皆為近楚語者其
次則如班姬蔡琰王粲及唐元結王維顧況亦差有
味又此之外則泥氏所謂過騷之言者非余之所敢
知矣泥壽新序多為義例辨說紛挐而無所發於義

理殊不足以為此書之輕重且復自謂嘗為史官古
文國書職當損益不惟其學而論其官固已可笑況
其所謂筆削者又徒能移易其篇次而於其文字之
同異得失猶不能有所正也浮華之習徇名飾外其
弊乃至於此可不戒哉

楚辭辯證下

한국 초사문헌 집성 中

여기서부터 영인본을 인쇄한 부분입니다. 이 부분부터 보시기 바랍니다.

## 가첩 賈捷

중국 산서사범대학교 중문과를 졸업하고 중국 남통대학교 중문과 대학원에서
석사학위를 취득하였으며 연세대학교 국문과 대학원에서 박사학위를 취득하고,
현재 중국 남통대학교 인문대학 강사로 재직 중이다. 저서로는『한국 초사 문헌
연구』(제1저자),『楚辭』(공저),『韓國古代楚辭資料彙編』(공저)가 있으며, 주
요 논문으로는「『楚辭·大招』創作時地考」,「『楚辭·天問』'顧兔'考」,「조선본『楚
辭』의 문헌학적 연구」 등 다수가 있다.

## 허경진 許敬震

1974년 연세대학교 국문과를 졸업하면서 시 '요나서'로 연세문화상을 받았고,
1984년에 연세대학교 대학원에서 연민선생의 지도를 받아 '허균 시 연구'로 문학
박사학위를 받았으며, 목원대 국어교육과를 거쳐 현재 연세대학교 국문과 교수
로 재직 중이다. 열상고전연구회 회장, 서울시 문화재위원 등으로 활동하고 있
다.『허난설헌시집』,『허균 시선』을 비롯한 한국의 한시 총서 50권,『허균평전』,
『사대부 소대헌 호연재 부부의 한평생』,『중인』등의 저서가 있으며『삼국유사』,
『서유견문』,『매천야록』,『손암 정약전 시문집』등의 역서가 있다. 최근에는
조선통신사 문학과 수신사, 표류기 등을 연구하고 있다.

## 주건충 周建忠

중국 양주사범학원(현 양주대학교) 중문과를 졸업하고 상해사범대학교 중문과
대학원에서 박사학위를 취득하였으며, 남통대학교 부총장, 인문대 학장 등을 역
임하였다. 현재 남통대학교 인문대학 교수이며 초사연구센터 주임으로 재직 중
이다. 또한 남통대학교 范曾藝術館 종신 관장, 중국굴원학회 부회장, 북경대학
겸임교수 등을 맡고 있다. 주요 저서로는『當代楚辭研究論綱』,『楚辭論稿』,『楚
辭와 楚辭學』,『蘭文化』,『楚辭學通典』,『楚辭考論』,『五百種楚辭著作提要』,『楚
辭演講錄』,『中國古代文學史』등 십여 종이 있으며, 주요 논문으로는「屈原仕履
考」,「출토문헌과 굴원 연구」,「楚辭의 층차와 구조 연구―『離騷』를 중심으로」,
「王夫之의『楚辭通釋』연구」 등 100여 편이 있다.

한국초사문헌총서 3

# 한국 초사 문헌 집성 中

2018년 8월 30일 초판 1쇄 펴냄

**엮은이** 가첩·허경진·주건충
**발행인** 김흥국
**발행처** 보고사

**책임편집** 김하놀
**표지디자인** 손정자

**등록** 1990년 12월 13일 제6-0429호
**주소** 경기도 파주시 회동길 337-15 보고사 2층
**전화** 031-955-9797(대표), 02-922-5120~1(편집), 02-922-2246(영업)
**팩스** 02-922-6990
**메일** kanapub3@naver.com / bogosabooks@naver.com
http://www.bogosabooks.co.kr

ISBN 979-11-5516-814-1  94810
　　　979-11-5516-710-6  (세트)
ⓒ 가첩·허경진·주건충, 2018

정가 32,000원